U0641036

凤凰村

高梓珍 著

江西高校出版社
JIANGXI UNIVERSITIES AND COLLEGES PRESS

图书在版编目（ＣＩＰ）数据

凤凰村/高梓珍著.--南昌:江西高校出版社，
2023.11

ISBN 978-7-5762-2558-7

Ⅰ.①凤…　Ⅱ.①高…　Ⅲ.①长篇小说—中国—当代　Ⅳ.①I247.5

中国国家版本馆 CIP 数据核字(2023)第 203384 号

出 版 发 行	江西高校出版社
社　　　址	江西省南昌市洪都北大道 96 号
总编室电话	(0791)88504319
销 售 电 话	(0791)88522516
网　　　址	www.juacp.com
印　　　刷	江西新华印刷发展集团有限公司
经　　　销	全国新华书店
开　　　本	700mm×1000mm　1/16
印　　　张	9.75
字　　　数	202 千字
版　　　次	2023 年 11 月第 1 版
	2023 年 11 月第 1 次印刷
书　　　号	ISBN 978-7-5762-2558-7
定　　　价	58.00 元

赣版权登字 -07-2023-750

凤凰村的那些事（代序）

"90后"的高梓珍写了一部长篇小说，这件大事我是一个月前才知道的。三个月前她去鲁迅文学院学习，人回来了，也带回来了一部长篇，这的确有些让人始料未及，故而我称之为大事。

毋庸讳言，她请我写序的时候，我是不情愿的，我不看好她能写好长篇小说。过去两三年，我只在一些报刊上看过她写的散文，虽说文笔清丽，却总也脱不了小女子情怀。但作为长辈，扶持提携晚辈乃分内之事，内心不情愿是一回事，答不答应写序又另当别论了。

读毕高梓珍的《凤凰村》，我开始检讨自己在主观上犯了"用老眼光看人"的毛病。同时，我也惊叹，鲁院真是一个了不起的熔炉，硬是将一块生铁炼成了好钢。

《凤凰村》这部小说结构并不复杂，描写了一个叫凤凰村的偏僻山村在村主任詹顺平的带领下，如何从一穷二白发展成乡村振兴的典范，成为一部当代版的"凤凰传奇"。从表面上看，你可以认为这是一部书写新时代的作品，也可以看作一部应时应景之作，但这都不是我所关注的，我所看重的是高梓珍在小说中娓娓道来的关于凤凰村的那些事。

第一件事是詹顺平入赘老支书家，娶老支书女儿李莉为妻，然后顺利竞选上村主任。这种桥段用作小说的套路就显得陈俗了，但读完小说后你会觉得一点也不俗。李莉虽然在一场洪灾中落下了残疾,面部留下了难看的疤痕,可她从小便是村花,也是詹顺平早就倾慕的女孩,故而我们读到的是詹顺平对待真爱的初心和矢志不渝。当他带领村民致富后,毅然带领李莉去北京整容。至此,读者一定会为詹顺平感到欣慰和庆幸。娶李莉,使他实现了爱情和事业的"双丰收",也让詹顺平这个人物形象立体而丰满。

发生在凤凰村的第二件事,便是读者关注的詹顺平如何兑现自己竞选村主任时的诺言,带领村民脱贫致富。读者不会想到,脱贫致富是从李莉拿出自己的 2000 块私房钱饲养两头猪开始的。这两头猪"养"得非常精彩,把农村的风土人情"养"得绘声绘色,可见作者对农村的生活有很真切的体验和感悟,没有写一句出格和外行话。星星之火,可以燎原。凤凰村正是从极细小、极务实的事做起,才发展成为拥有各种村办企业的集团公司,村民也住上了连排别墅,真正实现了乡村振兴。

凤凰村发生的第三件大事便是发展过程中遇到的危机。虽然这是写小说必要的起伏和套路,但作者另辟蹊径,没有用太多的笔墨去处理危机,而是着墨于乡土人情。不法分子为报复詹顺平,用炸药炸开水库,令蔬菜基地和养猪场蒙受重大损失。当村干部调查出真相后,詹顺平并没有将不法分子绳之以法,而是甘愿自己承担后果。通过这个细节,作者将詹顺平的成熟、隐忍或者说狡诈等多重性格刻画得很到位。在描写这个细节的时候,作者其实处理得很巧妙,此前,就交代了不法分子在外地犯下了不可饶恕的前科,已经告诉了读者恶人自有恶报的结果。只是这个结果无须作者再费笔墨了。

发生在凤凰村的事情还有很多。最后重点要说的还是发生在主人公詹顺平身上的事。当他带领村民致富后,其本性中恶的一面也开始暴露。他有了钱后却经受不住欲望的诱惑,人也变得狂妄自满,最终酿成了重大安全事故。为此,詹顺平也付出了惨痛的人生代价。詹顺平经此一劫,才大彻大悟。作者为什么不按常规,来一个花团锦簇的大结局,而是让詹顺平在重大挫折中结束小说呢?我想,这正是作者的良苦用心。她是在提醒人们乡村振兴任重而道远,在成绩面前狂妄自大、骄傲自满,都会付出代价;只有脚踏实地、老实做人、用心做事,才能巩固脱贫攻坚成果,全面推进乡村振兴。作者让詹顺平遭受这次重大挫折的目的,也许是让他笔下的主人公来一次凤凰涅槃吧。

当然,作者是第一次写长篇小说,还有一些不成熟的地方:比如结尾留白过多,略显仓促,影响了主题表达;冲击力和感染力略显不足;等等。高梓珍还很年轻,在语言的把控、叙述的铺陈和细节的处理上已经具备了一定的火候,再经磨砺,相信她会走得更远。

吴清汀

2023 年 10 月 10 日

凤凰村的那些事(代序)

1

雨划过玻璃窗户,落在红砖窗沿上一滴滴地跳跃着。窗户并不严实,雨水顺着风朝窗户缝隙里钻,刚刷过的白墙被雨水浸湿了一大片,还在不停地漫延。村庄笼罩在迷蒙的烟雨中,远处的山在云雾中若隐若现。詹顺平卷起湿透的裤脚,嘴里吸的烟正冒着火红的星点,办公室里同样烟雾缭绕。他望着窗外发呆,像在想事。

詹顺平的办公室在 3 楼靠东边最里的一间。村委会地势本来就高,窗户外一幢幢错落不齐的房屋,像是随意散落的棋子儿。一条弯弯曲曲的乡村小路从屋旁穿过,雨水正裹挟着黄泥土顺势流淌着。詹顺平自当上村主任后,在村民们一声声"詹主任"的称呼声中,一连两个多月来,整个人仍然像打了兴奋剂一般,全身有使不完的劲。他日夜想着村庄的整体规划,想着怎么带领村民们致富。那一腔远大的理想抱负像洪流一般冲击着他,他要向全村的人证明,他们选他当村主任是正确的。他再次深深地吸了一口烟,吐出烟雾的同时掸了掸指尖的灰烬,嘴角微微上扬:他想象着村庄经过自己的努力变得富裕后,自己站在台上接受村民们献花的场景。

村子算是一个大村,有 3000 多人。村子虽说穷,但是山清水秀,有着得天独厚的环境。这里三面环山,北边是一个大出口,形似凤凰,凤凰村便因此得名。村子北边有个湖,村民靠水吃水,本过着平静安逸的生活。不幸的是,有几年连发大水,农田一再受灾,村民苦不堪言,这才被其他村落下一大截。不久又赶上进城潮,有能力的都去城市了,村里的人要么是老弱病残,要么是妇女儿童,村里便越来越穷。詹顺平相信,自己一定能让凤凰村名副其实。

当然,能当选村委会主任,詹顺平也付出了很多努力。他庆幸自己在 25 岁那年,放弃在城里挣钱的机会,果断回家乡报名参加乡里组织的民兵巡逻队,什么活都干,什么苦都吃,一干就是 5 年。他不在乎别人对他的看法,也

▼
凤
凰
村

不在乎连自己都养不活的工资,他知道,他需要历练。那5年里,不知从何时起,他的嘴巴像是安了发条,居然能说会道起来;脑袋瓜像是抹了润滑油,遇到紧急事情总能比别人快一步想到处理的方法,且处理得周到漂亮。当然,他还积下了不少人脉资源,更幸运的是成为一名中国共产党党员。不然,仅凭自己的高中文凭,哪有资格跟别人来竞争村主任呢?

詹顺平祖祖辈辈都是凤凰村的农民,能够当选村主任,也算是祖坟冒了青烟。不过,詹顺平能当上村主任还是颇费了一番周折。詹顺平在乡镇工作时很低调,做事情一直谨小慎微,态度谦和。但为了当上村主任,他想赌一次,为自己的人生赌一回。

他不敢表露出自己有当村主任的野心,也生怕别人知道了他的秘密而嘲笑他。在那些日日夜夜的辗转反侧中,他反复分析着村里各种情况。他深知自己没有任何靠山,有的只是干事的理想抱负。虽说自己在乡镇干了这么多年合同工,有几个铁哥们,可也都无权无势,眼下只能靠自己。当月亮透过窗帘照在他的床前,他握紧拳头,仰着头,心底怀揣的梦想一定要靠自己实现。

詹顺平每到傍晚时分,就喜欢去村子里老槐树下跟大家伙儿闲聊。这棵槐树有40多年历史了,枝繁叶茂。树下有一口老井,是早些年村委会打的,解决了大家用水难的问题。这里总是聚着很多人,大家都喜欢在这里乘凉。詹顺平爱给他们讲国家的好政策,讲城市里有趣的新鲜事儿,村民们听得津津有味。一连十多天,每天如此,人慢慢地多起来,大家围着他说啊,笑啊。他时不时地讲对村庄建设的规划,当然也谈选谁当村主任的话题。

村民的生活很平淡,过着日出而作、日入而息的日子,似乎谁也没有注意过詹顺平的肚子里居然有这么多的货。他们开始用惊讶的眼神看着他,看着一个个生动有趣的故事从他的嘴巴里蹦出来。他们也纳闷,这么有才华的后生怎么不出去打拼而留在乡村呢,难不成在乡里干一辈子合同工?村里的人认死理,端着铁饭碗的才是领导呢,而詹顺平,端的可不是铁饭碗,这就比端铁饭碗的人矮了一大截。他们开始议论:詹顺平是不是对村主任感兴趣呢?

詹顺平还去拜访了村里德高望重的长辈们。他很真诚地表明来意,甚至放低姿态去请教辈分比自己大却年幼的"叔"。没有出五服，那就还是亲戚。他一口一个叔地叫着，把人叫得开开心心的。

詹顺平很快在凤凰村有了点名声。

在大伙儿对詹顺平的态度 180 度大转变时，村里的人精詹大姐把詹顺平叫到一边，说她是如何十分卖力地在妇女面前夸赞他的，管他能不能当上村主任，必须先在他面前表功。

窗外的雨停了，詹顺平穿上鞋想下楼转转。他站在村委会的院子里，掏出打火机，再次点了一根烟，吸上一口。村委会的房子是 20 世纪 80 年代留下的红砖房，院子里铺了水泥。院门口有些宣传画，在雨水的洗刷下已看不清画中的字。

尽管村庄对他来说再熟悉不过，可是他像是找什么宝藏一般，每天出现在山坡上、水库旁，有时兴致来了，脱了鞋便跑到田间去，看看水稻，跟干农活的长辈们聊聊水稻的收成。他又来到西边的水库边转，闻那股青草夹杂着泥土的味道，他深深地吸着这种味道。被雨水洗刷后的空气格外清新，夕阳往西边的树丛里掉。他眼里的村庄是这么的美丽！他望村庄的眼神里满是挚爱。直到村民屋顶上烟囱里冒出淡淡的炊烟，詹顺平才往家走去。不，准确地说那是老支书的家。

2

老支书在村里是个一言九鼎的人物。他姓李,名叫大水,在凤凰村当了20年的支书。每届选举他都稳如泰山,没有人反对他,因为他是凤凰村的功臣。那年7月,接连下了一个多月的暴雨,导致水位一直上涨,一场百年不遇的洪涝灾害席卷凤凰村乃至整个县城,造成凤凰村多处山体滑坡,洪水更是淹掉了很多田地和房屋。村民无家可归,不少人投奔亲戚去了,村里只剩下一些老人和残疾人。村干部也就只有李大水在位,其他人都不见了人影。

尤其是村庄背后大山里的水库,随时都会有破坝的可能,令所有人提心吊胆。如果水库出事了,那凤凰村村委会下辖的所有自然村都会被冲毁,后果不堪设想。李大水并没有带着家人逃走,而是把自己钉在了水库的大坝上,日夜观察着大坝的危情。老婆要他带着全家人躲到安全的地方去,他没有理会。他的心里只有凤凰村,只有那些不肯离开故土的老少乡亲们。

最终,水库的大坝还是倒了,李书记的妻子和许多乡亲都被洪水冲走了。他的女儿也被水冲到了村头的桥底下,被两块大石头挡着。

当援救的人赶到时,凤凰村已是一片汪洋。李书记被人救起,妻子下落不明,女儿伤痕累累只剩半条命了。

李书记的妻子没了,家也散了。女儿的右脸被石头撞击,划破了,留下了一道伤疤;一只脚也受了伤,伤到了筋骨,医生说没办法完全恢复。如今女儿走路时身体还是会有轻微的倾斜,也就是说有点瘸。

李书记并没有因此倒下,他带着村民开始重建家园,并且一干就是十几年。直到去年,乡里才同意他办理退休手续。

詹顺平是李书记的新女婿,他的家,便是李书记的家。

在半年前,詹顺平提着两瓶米酒,带着鸡鸭鱼肉敲开了李书记家的门。李书记看见詹顺平手上提的东西,心里很反感。他一改常态,板着脸,毫不客气地看着他。他本想直接把詹顺平推出去,可心又立马软了下来。他很喜欢詹顺平,小伙子不但人长得很精干,一米八的大个儿,粗眉大眼,身子板正,精神气儿足,身上总是有使不完的劲,而且办起事来雷厉风行。往日里去乡里办事,李书记遇见了詹顺平也总是时不时地点拨他。詹顺平也是一点就通,算得上是聪明的人。

詹顺平与李书记的女儿一同长大,青梅竹马,儿时两家还经常开玩笑地说要结为亲家。要是女儿木曾受过伤,李书记一定会把女儿许配给詹顺平,可是女儿的脸上有道疤痕,这道疤痕像是一条深不见底的沟壑,女儿跨不过去,李书记也跨不过去。

李书记的女儿李莉 31 岁了,在凤凰村未婚的女孩中数她的年龄最大。这也是整个凤凰村不愿提及的事情,因她是李书记的女儿,不好随便议论。村里多少媒婆撮合了多少对新人,可唯独不敢踏进李书记家的门,不敢去惹这个可怜的女孩。

李莉看着镜子里的自己,更加自卑,更少出门了。哪怕是个傻子、痴子,只要想娶她,她都可以义无反顾地跟他走。她看着同龄的女人,小孩都有两三个了,自己却无人问津,甚至没有一个男人愿意跟他搭讪。

哪个少男不动情,哪个少女不怀春? 而李莉的春只能怀在梦里。多少次梦醒后,脸上挂着冰冷的泪水,凄凉像一把利剑紧紧地插在胸膛上。

李书记盯着詹顺平,并没有招呼他进门。詹顺平紧张了,生怕自己也像前几个人一样被李书记撵走。如果真是那样的话,丢人事小,最关键的是来此的目的没有达到。詹顺平很快调整了状态,笑嘻嘻地喊着"李叔",自顾自地往堂屋里走。

詹顺平在椅子上坐了下来,笑着跟李书记说话。自古伸手不打笑脸人,于是李书记也坐了下来,板着脸说:"顺平啊,你不知道李叔的为人吗? 你先把东西提回去,有什么事,明天空着手再来找我吧!"

詹顺平在心里忽略了那张严肃的脸,"哈哈哈"地笑了起来:"李叔,这就是你的不对了,我还没说来干什么就把我往外赶啊。我可不是来给您送礼的,你知道的,我也学不来送礼的那一套啊,是不是? 我来呢,确实是有事情需要找您,我寻思不能吃您家的喝您家的,就带了点菜来蹭饭吃。何况李莉的手艺最好,时间长了不吃还真是想念呢!"

李书记听到李莉,心颤了一下,像是被电流击中了一样。沉默了一会儿,他用手摸摸额头,不由得点了点。

看着李书记点头,詹顺平轻轻地舒了一口气,但只有詹顺平自己能听见。

自然,这也让李莉心里特别高兴。她拿着詹顺平带来的菜,赶忙进灶屋做饭去了。她的心里暖暖的,因为当詹顺平说想吃她做的饭时,她也被什么击中了一样,从未有过的喜悦在心头荡漾着。

詹顺平从口袋里掏出烟,递给李书记,自己也点上了一根,烟雾在堂屋里飘散着,屋子里的紧张气氛也缓和了下来。

"李叔,其实我来确实是有事,有两件事。一呢,诚挚地表达谢意。从小到大,您对我一直都很关照。因为家里穷,别人都嘲笑我,躲着我走,生怕我找他们借钱,只有您不嫌弃我,让我上您家吃饭。那会儿上小学,我和李莉还同桌呢,放学也总是待在您家里不走,您家那棵梨树的梨子,进我肚里的可不少。"看着李书记的眼里多了一分柔和,詹顺平又说起了在乡里民兵连时李叔帮他的点点滴滴。果然真情最能打动人,李叔被彻底打动了,他没想到詹顺平会记得那么多,这也再次证实了詹顺平确实是一个重情重义的好后生。

詹顺平看着灶屋烟囱上飘着的缕缕白烟,看着灶台边忙碌的李莉。李莉穿着粉格子的短袖衫,虽然宽松但还是可以显露出婀娜的身姿。詹顺平深吸了一口气,鼓起勇气说:"我是在您家玩大的,而当自己真的长大了,却再也没有来过您家。我时时都在责骂自己,骂自己过河拆桥,真的很对不起您。我和李莉两小无猜,这份情是值得珍惜的。这么多年来,我总不敢开口,由于家里穷,怕高攀不上李书记,所以一拖再拖。如今我已是30多岁的人了,却还是孤身一人。虽然我也相过亲,但对任何一个女人都提不起兴趣,始终牵挂着李莉。"

詹顺平说着点燃一根烟,同时也不忘给李书记一根。他重重地吸了一口,那句"我想娶李莉"的话随着那一缕烟雾一同在这个屋子里飘浮。

李书记的手不住地抖,连詹顺平递过来的烟都掉在了地上。

饭菜好了。李莉没一起上桌,而是进了自己的房间。

李书记一杯接一杯地喝着闷酒,他仿佛对眼前的这个人感到无比的陌生。确实太过突然,他简直不敢相信自己的眼睛和耳朵。从平时的交往中,他知道詹顺平是一个很有主见的人,也是一个很有想法的人。可越是这样的人,越让人捉摸不透。

李书记紧紧地盯着詹顺平那双明亮的眼睛,想彻底地看透他,然而看到的依然是那张微笑的脸,眼里流露着真挚。

此时此刻,李书记的心里像是有一万只蚂蚁在爬着咬着,他好像觉得自己站在赌场上,押大还是押小让他犹豫不决。他平时做事都极果断,唯独詹顺平的这个请求让他优柔寡断。他做梦都想让女儿幸福,如今只要点个头就可以。

李书记又转头往里屋房间看,这么多年只要一看到李莉,他的心就往下沉,针扎一样痛。这一次如果再不把握机会,女儿这一生就真的毁在自己的手里了。李大水再看看詹顺平,詹顺平借着酒劲跟他诉苦,也回忆着与李莉儿时一同玩耍的画面。不知何时,李大水湿了眼眶。

李书记问詹顺平:"你要娶李莉,难道就不嫌弃她脸上的疤吗?莉莉温柔贤惠,可毕竟她的腿受伤了,脸也因那场大水留下了疤痕,你是真心想娶她吗?"

詹顺平理解一个父亲的顾虑。他握着李书记的手说:"李叔,你放一百二十个心,莉莉这么温柔贤惠,也这么能干。婶婶不在的这么多年,都是莉莉打理着这个家,里里外外打理得井井有条,你看屋子也收拾得干净整洁,是老天对她不公平,以前李莉可是我们村的村花呢。李叔,你要相信我,我是真心想娶莉莉的,今后我们一定白头到老。再说现在的医疗技术这么高,等以后有了钱,我就带她去美容,恢复她原来的样子,只是……"詹顺平没有说下去。

"只是什么?"李书记焦急地问。

"只是目前我家很困难,拿不出彩礼,我今后一定努力,挣更多的钱让莉莉过上幸福的生活。我相信自己有这个能力。"詹顺平回答。

李书记摇了摇手,意思是美容的事不急于一时,以后的日子还长着呢。

"而且,现在求娶李莉,给不了李莉一个梦想中的婚礼,但是我保证,以后我一定好好补偿她。"詹顺平真诚地说,"要是李书记同意,我想,我想先和李莉把结婚证办好,等以后有了钱再举办婚礼,你看是否能行?"

李书记想了想后,问李莉的看法。李莉当然满心欢喜,她还担心自己是在做梦呢。她真的做梦都不敢奢望詹顺平愿意娶她。不管他娶自己的目的是什么,至少自己可以做一个真正的女人了,至于以后是什么样子,谁也无法预料。就算詹顺平以后把自己抛弃了,她也愿意现在嫁给他。她太爱詹顺平了,就是死,她也愿意嫁给他。

李莉一改平时的羞涩,大胆且大声地说着"我愿意"。唯一遗憾的是她不能立即坐上花轿,穿上新娘服。如果太计较得失,那么眼前的幸福也许像个肥皂泡,一触即破。她可不想再失去了。

李书记当然明白女儿的心情。况且詹顺平在凤凰村也算得上一表人才,头脑机灵。同辈人无论哪方面,都不能和他相比。如果真有这样一位好女婿,那真是上苍开眼。

李书记的脸上露出了笑意:"顺平啊,我家莉莉已经表态了,你能够鼓足这么大的勇气说出娶我女儿的话,我心里感到非常的欣慰。我是看着你长大的,也知道你的家庭状况,可我也只有这么一个女儿,如果你是诚心的,我也不会要求你什么,毕竟人心都是肉长的,我相信莉莉也是同我一样的想法。改天选个黄道吉日,你俩就去民政局领结婚证。既然缘分注定,你俩就安安心心地过日子,我也不反对。"

詹顺平听了,急忙点头。欢声笑语,在这平静漆黑的夜中荡来荡去。

"顺平,等你和莉莉结了婚,你就住到我家来,大家在一起也好有个照应。"这样,李书记的家也成了詹顺平的家。这么多年,他一个人吃住在乡里,内心何尝不渴望有一个家呢。

那晚,李书记借着酒劲向詹顺平吐露了心底的话。李书记是正直无私的,所以他并不在乎外界对他的看法,身正不怕影子斜,他自然是要对凤凰村的未来负责。他考虑来考虑去,觉得詹顺平当村主任最合适。

李书记语重心长地对詹顺平说:"顺平啊,我愿意把凤凰村交到你的手上。对你,我也放心。至于你想竞争凤凰村的村主任一职,也不是我一个人说了算的,最关键的是要顺应民意。我半年前就向乡党委举荐了你,乡书记和乡长对你都是认可的,我深信由你来担任村主任一职,绝对会比其他几个同志强不少。因为你果断,敢作敢为,是一个做大事的人。唯独不足的就是你文化底子有些薄,但这并不是主要的问题,以后还可以加强学习嘛!"

李书记给詹顺平出主意:"你现在要抓紧时间写封倡议书,全面地阐述你当上村主任后该如何做,同时要拉起横幅,在村里造势,扩大你的影响力。至于上级那里,就由我去做工作吧!"

那晚詹顺平同李书记聊到后半夜才回去。詹顺平回到空空荡荡的家中,思绪万千。为了理想,为了能出人头地,他确实需要有广阔的胸襟。他即将有自己的妻子了。李莉从小就在他的心中有一席之地,自从她遭遇不幸后,他安慰她的话对当时的李莉来说就像一根刺,深深地扎进她的心里。她摔东西,赶他走。詹顺平便只好劝自己要给李莉更多的时间和空间,可对李莉的冷落和远离又让他陷入深深的自责中。詹顺平最终还是鼓起勇气,向心爱的人提了亲,他终于梦想成真了。

詹顺平在房间里苦苦思索了大半天,这倡议书怎么写才能让村民认可?他恨自己的文化水平有限。听李书记说,村里还有个大学生李响亮,毕业一年多了,也想回村竞选村主任。面对这么强的竞争对手,他不能掉以轻心。

詹顺平硬着头皮写起来:"亲爱的父老乡亲们,你们好!我是詹顺平,我想竞选村主任。我知道凭我的文化水平,是根本不可能当上村主任的,但我有一副全心全意为村民们服务的热心肠。我出身贫寒,深知贫寒的滋味,如果我当上了村主任,我的目标就是带领全村人走上致富的道路,开发凤凰村的山山水水,让每家每户都能过上富裕的生活。我也会更多地做些实事,让村里的老人老有所依,让孩子接受好的教育,让外出打工的人都能自愿回村挣大钱。眼下,我有很多设想,但这些设想需要实践。我要你们跟我一起手牵手创造凤凰村美好的明天。如果你们相信我,就请支持我!"

詹顺平将倡议书写好后复印了上千份向各个小组散发。他去每家每户拜访,姿态放得很低,话说得也很诚恳,打动了许许多多的村民。

詹顺平以前帮老人挑水,帮走不出村的乡亲们从城里捎带这啊那的,大家都记着詹顺平的好。所以,当知道他想竞选村主任时,村民都大力支持他。

一时间，整个村被詹顺平的举动搅得热闹非凡，村民有说有笑，村里洋溢着欢乐的氛围。詹顺平成了凤凰村的名人，大街小巷都在议论詹顺平。功夫不负有心人，詹顺平以全村三分之二的得票顺利当选为村主任。不久，乡里的一个领导率领一行人来凤凰村考察詹顺平，一番交谈后，认可了这个有思想、有理想的小伙子。

当上村主任的詹顺平终于可以做自己想做的事了。他真想去西边的山坡上吼几嗓子，让自己的心平静下来。他抓着李莉的手，拥抱着李莉。大概是用力过猛，李莉的脸涨得通红，双手悬在空中。她也发自肺腑地为他感到高兴，手慢慢地抱紧。

其实，詹顺平搬进李大水的家里住，开始也很别扭。詹顺平的内心很纠结，李莉确实是他这一生最想娶的女人。可他却不知道为什么，不敢触碰身边的女人，爱得越深顾忌越多？可詹顺平不知道的是，自己的顾虑徘徊让李莉陷入一个更自卑的旋涡中。多少个夜，她侧过身去，偷偷地流泪。女人需要的不仅是一份真挚的感情，更是一份温柔的呵护和关怀。李莉经历过的那些创伤已让她足够强大，她这一生别无所求，只希望心爱的男人能够真正地爱自己一回。哪怕是一个拥抱，她也会感到生命的浪花掀起涟漪，也能够体会到作为一个真正的女人的滋味。

李莉内心很沮丧，但是她坚信，自己的温柔一定能融化那颗坚硬的心。即便如此，她还是会胡思乱想。她想，詹顺平是为了村主任的位子才娶自己的吧。虽然詹顺平一直在开导她，可是李莉总觉得詹顺平对自己心存芥蒂。

令李莉感到欣慰的是詹顺平非常顾家。他每天早早起床下地干活，白天到村里去处理协调公事，晚上又刻苦地学习知识，读书、看报、查阅资料。有一次，他看到《科学研究》杂志上的一则广告，喜出望外，拉着李莉的手深情地说道："莉莉，总有一天我会带你去做整容手术，还你本来的美貌。我相信离这一刻并不遥远，就算再苦再累，我也会挣到这笔钱来完成许下的诺言。"李莉听后感动得眼泪一直往下流，有这样的丈夫，她也知足了。

雨后的晚上很凉快。詹顺平和李书记还有李莉在院子里乘凉。詹顺平拿出一根烟，随手拿起桌子上的一次性打火机，"吧"的一声，点燃了香烟。这已经是第6根烟，他深深地吸了一口，看着烟头上的点点火星，轻轻地吐出烟雾,眼前顿时朦胧一片。一阵风吹来,烟雾随即消失得无影无踪,留下的只是淡淡的烟草味。詹顺平不禁想:难道我的人生也会是这样吗?担任村主任也有三个月了,俗话说"雁过留声,人过留名",这辈子在世上走一趟,就该留下点什么回味,最少也应该像这根烟一样,燃烧完后,还可以留下一点淡淡的味道。

为了当上这个村主任,他付出了那么多的心血和代价。全村都称呼自己"詹主任",可自己当初参选时向村民们许下的誓言一定要做到啊!可不能就这样平平无奇地结束了。

刹那间,詹主任来了精神,他不想再陶醉在当选的喜悦中;他不想做一个平庸无为的村主任;他更不想让村民们说自己只会吹大牛、拉架子、装腔作势。他要做全村致富的带头人,不管结果如何,他都决心从今天开始做一个真正的村主任。

詹顺平在院子里来回地踱着步,思考着该如何下手。目前凤凰村有很多的年轻人在外打工,留下的人一半是老人和小孩,另一半是中年妇女。

他苦苦地思索着。此时此刻,他感到有一股压力,压得自己喘不过气来,村主任的担子是如此的沉重。作为村主任,他必须找出一条发财致富的路子来,而且要快。全村有多少双眼睛盯着自己,有多少人在心中骂他是个吹牛的人。特别是那些生活过得拮据的老人,连水电费都缴不起,他们确实期盼着他这个年轻的村主任能兑现带领他们致富的诺言。他们太渴求改变这一切了。眼下的村庄一穷二白,每年不是水灾就是旱灾,庄稼产量不高,导致大量的劳动力外出。因为穷,小孩上不起学,只得跟着爷爷奶奶下地干活。孩子们年少体弱,连锄头都拿不起来,却要在烈日下干农活,早没有了少年的朝气蓬勃。那些病恹恹的村民,因为没钱医治就只能一直拖着,干不了活也死不了,就在村子里晃悠着。还有那些花季少女,父母都重男轻女,不是让她们嫁人换点彩礼,就是让远房亲戚带着去城市打工,导致这个村男多女少,大量的男人找不到老婆。

詹顺平的心在痛,钻心地痛,他感觉到他真是枉为凤凰村的村主任。

人在逆境中会看见光明,而詹主任的光明在哪里?他好想找一个可以和他交谈的人,好想有人给自己指一条明路,可这只不过是一种设想,谁能

凤
凰
村

够帮助自己？如果有人想出办法，那么凤凰村就不会是今天这个样子。他心底暗暗计划着要打一个漂亮的翻身仗。他跟老书记拉着家常，不知不觉夜深了，大家便各自回房睡了。

第二天，詹主任很早便起床了。他早早地来到村委会办公室。打开窗户，清凉的风吹来，让他感到格外的舒服。他泡上一杯茶，坐在椅子上静下心来细细地品味着。他感到自己正如这杯中的茶叶，虽然有一颗滚烫的心，却找不到目标，在水里乱窜。现在凤凰村的村干部还紧缺，李大水退休后，村支书的位子就一直空着。詹顺平多次向乡党委反映增调人手，却一直无回音。

目前在位的有民兵连连长和妇女主任两位，其他的都辞职外出打工去了。面对这样一盘散沙，詹顺平真的有种说不出的味道。现在自己不仅要履行好村主任的职责，还得兼书记职务。这么大的一个村，就算是没日没夜地为村民服务，也不可能做到十全十美，但这条路是自己千辛万苦选择要走的，就该坚持到底。困难只是暂时的，只要坚定信心往前走，总会雨过天晴。世上没有永远的黑暗，人生没有永远的一帆风顺，一点小小的挫折就产生退缩的想法，那么他詹顺平还算是一个男人吗？

詹顺平首先给自己鼓足了信心，打起了气，决心干到底，干就要干得轰轰烈烈，干就得干出特色，干就要干出名堂来。他理清了一下思路，立即召集民兵连连长李春金和妇女主任郭蓉姣到会议室开会。说是开会，还不如说是三个人探讨下一步的工作，制订行动计划。

先走进会议室的是民兵连连长李春金，他在这个位子上已经干了16年。他是从武警部队退伍回来的，虎背熊腰，身材高大，理着平头，显得精明强干，却唯独眼神里少了光彩。

后面来的是妇女主任郭蓉姣，她在这个位子上也干了8年，快接近四十的年龄，依然保持着女人独特的风韵，长长的头发，细嫩的皮肤，如果不仔细观察还以为是刚结婚的少妇。她说起话来轻声细语，但性格很刚强。她是革命烈属，丈夫是某边防武警志愿兵，在一次执行重大任务时不幸牺牲了。十多年来，不知有多少媒婆给她介绍男人，她都婉然拒绝了，她的生命中再也容不下任何一个男人。她挑起了家庭的重担，村里的事情，她很积极也很主动地干。

詹顺平给两位同事倒上白开水,然后坐回位子上,眼睛瞄向了二人。过了几秒钟,他才缓缓地说道:"两位,我上任三个月来,开展工作感到非常迷茫,很多情况都不熟悉,也不知该从何处改变凤凰村的现状。目前村干部只有我们三个人,面临的困难和压力很大,而我又是一个门外汉,做工作还得从零开始。在当选的时候,我就夸下海口,一定要带领全村人都富裕起来。如果凤凰村还是和以前一样,那还要我们这些村干部做什么?我会觉得愧对凤凰村的父老乡亲,会无颜面对他们期待的目光。因此,我想请两位谈谈自己的想法,凤凰村以后的路怎么走,同时我们讨论一下凤凰村干部班子的建设和任用问题。"

民兵连连长李春金激动地回答:"我在凤凰村任干部这么多年来,没有给村里的全面发展做贡献,的确愧对乡亲。我是搞民兵工作的,这些年村里的治安问题有明显好转,违法犯罪的事逐渐减少。但村里个别的老人,因温饱问题没得到解决,便到村委会要吃的,甚至上访;有个别找不到老婆的中年人,没正经手艺,到处晃荡,沾染上了黄和赌,并干一些偷鸡摸狗的勾当;还有的小孩,由于上不起学,四处流窜,养成了好吃懒做的习惯。总体来说,凤凰村目前的形势不是很乐观。李书记退下去后,村班子也基本上到了解散的边缘,没有一个人敢站出来承担责任。现在詹主任上任了,这是我们凤凰村的福音,我们都拥护你,都期盼你能够带领大家过上好日子。可是,说起来容易做起来难,詹主任,像凤凰村这样老弱妇幼人口多,村小组与村小组离得远、分布散、交通交流极不方便的贫困村,光靠我们几个村干部,也只是心有余而力不足,到头来还是竹篮子打水——一场空。"

李春金接着说:"按我个人的意愿,首先是想办法让上级拨些款下来,救济那些生活不方便的人,稳住了这些人后,再鼓励一些身体好、有力气的人,一边可以在家里种地,一边可以去镇上打零工;其次是向乡党委申请派老师下来教这些读不起书的小孩,如果没有老师愿意来,那么我们把村里那几个读过初中还没出去打工的青年找来当老师,凭他们的水平,教小学的课程应该不成问题;最后,至于村干部的任用,我还是建议批准那几个辞职外出打工的村干部的要求,我们可以重新选一些有能力、有激情和志向的年轻同志

凤
凰
村

进来,这样会给我们的工作带来更大的活力,也给我们的班子建设注入新鲜的血液。特别是村主任还这么年轻,我们已经老了,同年轻人有代沟。"

妇女主任郭蓉姣兴奋地说:"詹主任的确是凤凰村的佼佼者,就凭这股敢作敢当的精神,就值得我们学习。李莉福气好,能够找到你做老公,我这个大姐也为她感到高兴。我深信苍天不负有心人,在詹主任的带领下,凤凰村用不了多久就会发生翻天覆地的变化。刚才詹主任也谈了对凤凰村的看法,讲得很实在,那我也谈谈自己的一些看法。我在凤凰村工作了8年,一直是负责妇女工作。俗话说,'世上千万事,不如妇女一件事',从话中可以体味到做妇女工作的艰巨性。尤其是我们凤凰村妇女念书少,不明事理,经常为一点小事争得面红耳赤,甚至大打出手,闹得全村鸡犬不宁;也有的妇女因丈夫常年不在家,耐不住寂寞,让村里的光棍钻了空子,最后闹得家庭破裂。"

"作为妇女主任,我深感失职,没有提高她们的自我保护能力,特别是目前凤凰村的主要劳动力都寄托在这些妇女的身上。如果这些妇女的思想跟不上,那么我们再完美的计划和致富的目标都等于零。思想工作如何做?我认为想要致富,首先必须让别人尝到甜头。凤凰村以前也搞过那么多的致富项目,但最后都以失败告终,逼得男人们都去外面打工挣钱养家糊口了,谁还敢待在村里面?这些妇女虽然没有什么文化,但她们很会精打细算,账算得一清二楚。其次是要和上级领导多沟通,尽量争取得到他们的支持,比如拨款修路,要想富先修路。再次是工作上做到透明,村里的收支每个月公布一次,接受村民的监督,从而形成村干部廉洁自爱的风气。只有得到村民们的全力拥护和爱戴,全村人才会心甘情愿跟我们村干部干。"

"我们这届班子还要借鉴过去好的经验和做法,使全村人形成合力,有劲一起使,有力一起出。至于下一步的工作重心,我建议还是全面按照上级的指示精神,不断地加快两个文明建设。真要与城市接轨、同步发展,对于凤凰村来说不现实,我们要立足本村的实际情况,比如水库里我们可以多养些鱼,安排专人看管,然后把卖鱼的钱当作村里的救济金,帮扶那些特别困难的家庭。同时要建立起村文化活动场所。我们村大部分村民家里没有电视机,建立文化活动场所,主要是让村民的业余生活丰富多彩起来,也让爱活动的老人有活动的场所，不要老待在家里唉声叹气，会闷出病来的。"

"最后，我认为要动员妇女们把自己的男人催回来，共同创业。哪个妇女独守空房不寂寞呢？那个男人漂泊他乡不想家呢？男人长年累月不在家，会给村里的工作带来非常不利的后果。"

詹顺平听完两人的发言，内心有一种说不出的激动和震惊：在凤凰村还是有很多聪明人的，像这两位村干部的思维就很有前瞻性，也很值得自己学习。詹顺平有种"听君一席话，胜读十年书"的感觉，也坚定了全心全意为村民服务的信念。他认为这是一个好的开头，大家一定要团结一致，齐心协力为村民们做点实事。

詹主任在心里也反问自己：像这么有思想的村干部，为什么在位这么多年来，工作上没多大的起色呢？原因究竟出在哪里？他想破脑袋也想不出一个所以然。算了，还是留到以后慢慢去想吧，眼下最重要的是制订好计划，每人负责一块，分头行事。

詹顺平显露出非常谦虚的表情："听了你们的建议，我想下一步的工作有三个。首先就是用最快的速度向上级领导汇报凤凰村的现实问题和我们村干部的想法，这项工作主要由我负责。其次是进行水库承包责任制，按照妇女主任的意思去落实，这项工作由民兵连连长负责。这项工作有一定的艰难性，可能会引起村民们极大的不满，甚至发生过激行为。这也算是村里的一项工作改革，改革嘛，总会有一些人的利益受到损失，有一些人会得到更多的利益，但我们要正面看待这个问题，不能因为反映强烈而退缩。我们想带领村民致富是好事，但不能一口气吃成个大胖子，要循序渐进，一步一个脚印、稳稳当当地往前走。最后是全面做通全村妇女的思想工作，让她们支持村里的决定和计划，尤其要对老人和小孩多一些实质性的关心和爱护，这项工作主要由妇女主任去负责落实。"

"做好村里的工作，千言万语，还是两个字：缺钱。如何解决这个问题，我想，等上级的拨款不一定是好办法，也不见得一定有钱拨下来，我们主要还得靠自己挣钱。如果一个村没有经济来源，只依靠上级的拨款，就会养成惰性，凤凰村也永远富不了。我们一定要借助凤凰村的各项资源，凭自己的双手去创造财富。"

　　詹主任点燃一根烟,轻轻地吐着烟雾,过了良久才缓缓地总结道:"上任几个月来,我一直在想,我们凤凰村穷了一代又一代,现在不能再穷了,我们真的穷怕了,要想方设法咸鱼翻身,过上好日子!"

　　散会之后,詹顺平一直在回想民兵连连长和妇女主任的发言,觉得他们的话是对的,对自己是一种启发和鞭策,自己应该立即行动起来,让凤凰村尽快富裕起来。

　　晚上,詹顺平详细地把两位村干部的发言和自己的一些想法向李书记做了汇报,心中特别希望这位凤凰村的老支书、自己的岳父大人能够提出一些建议,或者指一条明路,然而得到的回答却使詹顺平有些失望。

　　深夜躺在床上,詹顺平翻来覆去睡不着,心里的欲望在蠢蠢欲动,像滔滔江水那样翻滚;整个身心就好像在飞,有点腾云驾雾的感觉。看着睡在身边的李莉,他心里有点为李莉惋惜。要是没有毁容,李莉还真是一位大美女,饱满的胸脯,苗条的身材,修长的玉指,瀑布般的秀发,白嫩的皮肤。可一见到她的脸,就会让人退却。

　　每当他的手不小心触摸到她那软绵绵的乳房时,心里就火烧火燎的,感到口干舌燥。他咽了咽口水,又去解她的衣服。

　　李莉的身体柔软极了,他闭上眼,享受着腾云驾雾的感觉。内心的一团火正愈烧愈烈,詹顺平感觉到自己的身子要烧成灰烬。

　　李莉哭了又笑,笑了又哭。

　　这晚,詹顺平向李莉发誓,一定要把她脸上的伤疤去掉,让她再也不会因为这道伤疤而不敢走出门。可是,去疤需要很大的一笔钱,李莉问他去哪里能弄到这么多的钱,他开玩笑说去偷、去抢。李莉说:"反正你在凤凰村偷不到钱、抢不到钱。"凤凰村家家户户穷得眉毛都打了结,一年四季都吃不上几次肉,哪还有钱给人偷、给人抢呢?

　　兴许是兴奋过了头,詹顺平一夜未眠。他把要做的事情在脑子里理了一遍又一遍,把接下来要做的事也确定下来了。

　　刚开始,他想发动乡亲们多养猪,可是,乡亲们已经没有养猪的习惯了。十九年前,其实一户人家一年也养一两头猪,国家也收购生猪。可前几年发生的猪瘟事件,让养猪的村民血本无归。如今又让群众增加成本养猪,他们肯定不愿干,万一又发猪瘟,他这个村主任也没法向村民们交代啊。

詹顺平打算自己先养猪,开一个好头。挣钱了,大家自然会跟着干。反正李莉在家有空,而且她一定会支持他的。

养猪要先买猪崽,这也需要投钱,这笔钱从何而来?这是当前需要解决的,还有就是怎样预防猪瘟的发生。那次的猪瘟事件令他记忆犹新,一头猪感染,村里所有的猪都要被埋掉。

天刚刚亮,李莉睁开睡意蒙眬的眼睛,发现詹顺平居然一晚都没睡,便钻进他的怀里,想替丈夫分忧。

詹顺平把自己家先养猪的想法跟李莉说了。

李莉起身,拿起枕头,用手在枕头里摸索,摸了半天摸出一块方巾,打开是一沓钱。"这里有 2000 元钱,是父亲留给我的嫁妆。"李莉对詹顺平说道,"顺平哥,这些钱都给你,如果你想养猪,我一定会支持你。"

詹顺平看着眼前的这个女人,眼里满是怜爱。

李莉让詹顺平再躺一会儿,补一觉,上午还要去乡里开会呢,需要充沛的精力。

詹主任色眯眯地看着李莉说:"可我现在睡不着。"

李莉把身子往前一挺:"那你想干吗?"

詹主任一把拉过李莉,压在身下……

这一对新人如同干旱的田野得到了雨露的滋润,欢快的呻吟声弥漫了整个房间……

李莉轻手轻脚地起床,生怕吵醒了他,她想让他多睡一会儿。

詹顺平起床已日上三竿了。他急急忙忙地穿上李莉给他新买的白色短衫,跑着出门了。

乡里的每一个领导他都比较熟悉。在乡里的巡逻队工作了三年,那三年没日没夜地在全乡各个角落巡逻,就算是闭上眼睛,他也能够找出哪间是乡党委书记的办公室,哪间是乡长的办公室。尤其是现任的乡党委书记还是当年介绍自己入党的人,他的儿子陈星也是自己在巡逻队的同事,现在是乡镇派出所的所长,是自己的好朋友。詹顺平心想,自己现在好歹也是村主任了,以后大家就要多来往了。

凤凰村

到乡政府开会之前,詹主任提着民兵连连长李春金在水库里打的四条大草鱼,先敲开了派出所所长陈星家的门。陈所长看着眼前这个人,倒是有几分村主任的样子。看着他满脸汗珠、风尘仆仆的样子,陈星忍不住笑出了声:"你小子刚当上村主任就翘尾巴了,几个月都不来看我,今天来有何贵干啊?"

詹主任放下鱼,抹了抹头上的汗回道:"所长见笑了,我一是来乡里参加会议;二是特意来看望在同一战壕里待了三年的战友,当然主要是祝贺你当上了所长。你看我别的也没有带,村民穷得叮当响,只有这几条鱼算是凤凰村的特产,请你笑纳。不过你要是敢给我算钱,我还真是敢拿的。这样吧,今天中午我私人'请客',把当年的老队友都叫上,把鱼煮了,借你派出所一方宝地,怎么样?"

陈星盯着詹顺平看了几秒钟才说道:"你小子哪儿来的钱请我们吃鱼?"

詹主任笑着说:"我们水库里的鱼,不值钱,但绝对好吃,没有泥巴味,你就放心好了。我的目的呀,就是感谢朋友们的大力支持。当然啰,帮的旧忙已经成为过去,可是新忙又出现了,朋友们总得帮忙帮到底,送佛送到西吧。"

陈星带着怀疑的眼神说道:"詹主任呀,我就知道你葫芦里不会卖好药,原来是鸿门宴。好了,看见你这副猴急相,我也不忍心让你失望。今天是星期六,其他队友我负责联络,中午12点钟准时到。"

詹顺平于是先去开会。

会议室里灯光明亮,鸦雀无声,每个村的书记和村主任都按位就座了,都在等待乡党委书记的到来。詹主任看着挂在墙壁上的党旗,有一种说不出的感觉。他仿佛看到陈书记的脸,仍是那样的和蔼可亲。如果他生命中没有遇到陈书记,今天他也不可能有机会坐在这里,这份恩情他一辈子都记得。今后他只有拼命地干好工作,给书记长脸。这时办公室主任喊道:"大家安静,会议马上开始。"

只见陈书记缓缓地从正门走进来,脸带笑容地用手示意大家坐下,然后说道:"不好意思,让大家久等了。刚才我在办公室接到县委刘书记的电话,他指示今天这个会一定要开得扎实有效,会后要把内容形成文字材料送县委领导审阅,所以耽误了开会的时间,还望各位包涵。现在开始开会吧!"

办公室主任王祥宣布大会第一项内容由赖乡长讲话,第二项内容是各村汇报工作,最后陈书记做总结。

轮到詹主任发言时,他不像别的村主任准备好了发言稿。他第一次参加这样大规模的会议,没有经验,心里非常紧张,不知道从何说起,急得满头大汗,真恨不得找个洞钻进去。突然耳边又回响起了李莉的话:第一次参加会议不要在领导面前丢人哟!詹主任想,既来之,则安之,这是一次表现的好机会,绝对不能丢人。

詹主任端起茶杯,喝了两口茶让自己镇定,然后站起来,向乡领导鞠了一个躬,缓缓地说道:"我叫詹顺平,是凤凰村的村主任,在座的各位领导有的不认识我,以后还请各位领导多多支持和关照。首先我要感谢陈书记和赖乡长对我的培养、关怀和信任,这份恩情我无法用语言来表达,我唯一能做的是全身心地投入凤凰村的建设中去,以实际工作成绩来回报领导的关爱。"

接着,詹顺平开始汇报工作:"可以说,我们凤凰村目前的整体情况不容乐观。凤凰村一直是全乡最落后的一个村,各项基础设施建设都不完善,需要在座的各位领导重视、支持凤凰村的发展。我上任以来,一直在思考如何能够摘掉穷帽子,怎样才能建设新的凤凰村。尽管过去几届村领导班子都付出了很多努力,做了很多工作,可凤凰村群众从早干到晚,仍是过穷日子。我想原因一是凤凰村的劳动力流失得太快,大部分青壮年在外打工,有的一年甚至几年都不回家,留在家中的只有小孩和老人,分的责任田也无人种,田地都荒了。二是凤凰村地处深山,村民居住分散,水电不通,交通不便,有许多资源无法开发,村民无经济来源,有的连温饱都难解决,想创业不是鸡蛋碰石头——自不量力吗? 三是文化水平低,全村目前主要的劳动力是妇女,可大多的妇女是文盲,为个人的蝇头小利斤斤计较,让村民关系紧张,不融洽。由于家里穷,小孩读不起书,辍学后就过上了四处漂泊的生活,有的人养成了小偷小摸的恶习。四是老人和病人多,由于亲人都外出了,他们生活无着落,活动无去处,整天在家里怨天尤人。五是生病没医院治,村里没有一家诊所,生个小病都要往乡里跑。六是小伙子娶不上媳妇,女孩都像长了翅膀一样,一个个地远走高飞,造成了男女比例失衡,大部分男人30多岁了,还是孤身一人;有的男人为了解决生理需要,经常寻花问柳,甚至做出一些坑蒙拐骗的勾当。这些问题说到底跟'穷'字脱不了干系,我认为目前最需要解决的事情就是:提高妇女们的文化素质,解决一部分农户的生计问题;办所小学校,让小孩们都能上得起学;创办文化活动场所,让村民有娱乐场所;大力鼓励在外打工的年轻人回家创业。最后我向乡政府申请给凤凰村下拨一点特困帮助金,来暂时减轻村里的压力。乡政府应尽快把水电通到凤凰村,向凤凰村调派老师和医生。虽然这些事做起来非常困难,但相信有各位领导的鼎力相助,两年内凤凰村将会是乡里的标杆村,村民都可以过上幸福美满的日子。"

陈书记喝了一口茶,眼神很犀利地瞄向大家,声音洪亮地说道:"今天的党委扩大会议开得很成功,各村能够畅所欲言地汇报本村的工作,这说明我们的村干部是务实的,做工作是用了心的,在其位谋其职。特别是凤凰村詹主任的发言,让我感受很深。詹主任是我看着成长起来的一名村干部,在短短的几个月内,能够把村里的情况摸得一清二楚,实在难能可贵。我们做工作要时刻为民着想,只有群众富裕起来,过上幸福的日子,我们的工作才算是没有白做。凤凰村目前的形势的确很严峻,各种问题还很突出、尖锐,但有问题并不可怕,只要我们认真对待,这些问题一定会得到有效的解决,我相信詹主任有这个能力,一定可以改变凤凰村的现状。至于詹主任提出的几个申请,我们要经过乡党委研究再决定。关于凤凰村支部书记人选,党委还没有确定,暂时由詹主任代理。希望各村回去后,要严格按照这次的会议精神抓好落实两个文明建设,使我们乡能够稳步、健康地发展。"

散会后,詹顺平赶到派出所食堂的时候,已是12点多了,陈星和其他6位队友已经坐在桌子边上。陈星和乡农业站站长陈明之间留着一个空位,陈星站起来拖着詹顺平就往空位上拽,说道:"我们的大主任,今天本是你请客,倒有点像我们请你。你迟迟不来,我们还以为你开会有饭吃呢,菜都上齐了。"

詹主任看着这帮亲密的队友，心中有说不出的感动。他本想以茶代酒敬各位兄弟，却看见桌子上只开了一瓶白酒，便说："你们能来，我感到非常的荣幸。只是这种白酒太烈了，我不敢喝。如果我喝三杯就醉倒在桌子下，那可就闹笑话了。"

队友们异口同声地说道："不行。"

乡财政所所长谢斌站起来骂道："你小子心里想的那些，别以为我们不知道。告诉你吧，今天这顿饭已经有人给你买单了，放心，不是公款吃喝，是个人买单，酒是陈星从家里带来的。本来我们是想好好地宰你一顿，可细细一想，又不忍心看你小子掏腰包。虽然这次放过你，不过我们商量好了，明年的今天就真的要狠狠地宰你一次哟！那时你可千万别小气。所以你就别婆婆妈妈了！"

詹主任听了这话，心里暖洋洋的："你们对我实在太好了，我詹顺平能够交到你们这些朋友，真是一辈子的福气。今天是我请客，却是你们买单，我心里头别扭啊！"

陈星开玩笑地说："詹主任，你怎么当上村主任就好像变了一个人似的，变得磨磨叽叽，不像以前在巡逻队时那样豪爽了。在座的都是好朋友，我们要一条心，有难一起帮，有福一起享。你今天来晚了，赶紧自罚三杯，我们都等着你，你不会让我们扫兴吧？喝！"

詹主任实在没办法再推辞了，一口气把三杯酒喝下了肚。也许是酒精起了作用，或许是酒下肚后好多的话涌上了心头，他站起来给队友们斟满酒，端起酒杯情深意重地说："各位朋友，你们对我的关怀和帮助，我会永远铭记在心，这第一杯酒我敬你们，表达我真诚的感谢。也许你们会认为我太见外了，但我必须要这样说，因为没有你们默默地支持我，我也上不了这个舞台，所以请你们端起酒杯，让我道一声感谢，干！这第二杯酒，我敬你们，目的就是诚恳地请你们让我在这个舞台上表演得更出色、更精彩。有句俗话：送佛送到西天，今后你们有力的出力，有钱的出钱，我相信我当这个村主任一定不会令你们失望，干！这第三杯酒，我敬你们，意在请你们从今以后，如果有什么需要我帮忙的尽管说，我一定会两肋插刀，为大家抛头颅、洒热血,干!"

　　一连喝了六杯酒,詹主任的头开始有点晕了。他很久没有喝过度数这么高的白酒了,什么东西在他的眼睛里都成了双份,脑袋也似要爆炸。大家边吃边聊,吃完已经是下午4点钟了。詹主任辞别队友们就往厕所里跑,他在厕所里用手指抠着喉咙,污秽物排山倒海一样涌了出来。之后他用双手捧着冷水洗了一把脸,感觉清醒了许多,马上往乡农贸市场跑,买了两只小猪崽。

　　詹主任回到家时已是晚上六点多钟。李莉坐在饭桌前焦急地等待,看见他挑着两只猪崽回来,忙出门迎接。她没想到,丈夫早上想到的事情,晚上就做到了,他办事还真是雷厉风行。

　　詹主任把两只猪崽从蛇皮袋里提出来,放在泥地上,猪崽在屋里惊慌不安地乱跳乱窜,顿时安静的屋里热闹了起来,空气中还散发着米糠的香气。妻子很喜欢这两只洁白的小猪崽,看上去机灵可爱,像两个淘气的孩子。

　　李莉马上为小猪们准备了一个潲盆,是专门喂食用的。她去菜园里摘了一些老了的菜叶,去灶屋切碎煮上,没一会儿就端出一盆猪食往盆里倒。两只小猪崽争先恐后地吃着,吃得嘴吧唧吧唧地响。

　　詹主任和李莉都会心地笑了。

　　自从买回小猪崽喂养,詹主任每个星期都要称一次它们,并做好记录,以了解猪崽的生长速度。他深刻地体会到,村民为什么不养猪,一是买猪崽要一笔钱;二是猪的食量很大,光喂粮食成本就大,要是有什么毛病要看兽医,又要花钱。农村人家,养一至两头猪还能承受得了,但如果要养多头猪发家致富,那投资实在太大了,没有哪一个村民敢冒这个险。何况一无技术,二无资金,这都是摆在村民面前的现实问题。

　　如何解决这些问题,詹主任真是伤透了脑筋。他觉得还是要等自己家这两只猪崽养大了以后,卖给食品公司变成了现钱,才能算清其中的利润,才好鼓励村民养猪。

　　詹主任每天去村委会,村民们在路上遇到他,都热情地和他打招呼,说些家长里短的话,尤其是那些老人听说詹主任要建立文化活动场所,都称赞詹主任是为民干实事的好主任。小孩们欢天喜地地唱着歌,围在詹主任身边。詹主任在他们的心目中,已经是很重要的人了。听说村里还要办学校,这是多少年来村民的梦想啊!

其实詹主任很尴尬,这些事八字还没有一撇呢,村民们就这样高兴。不过他在想,凤凰村真的到了要改变的时候了,村民穷了太久太久,生活的重担已压得每个村民直不起腰了。如果再不帮村民们减轻担子,那么凤凰村就会一直贫穷下去,我詹顺平就是拼了这条命也要带领大家闯出一条路来,要不愧对村民!

3

　　詹主任走进办公室，叫来了李春金和郭蓉姣开会。詹主任一字一句地传达了这次去乡里开会的内容，尤其着重强调了陈书记对凤凰村的重视。

　　郭蓉姣高兴地说："如果我们村引起乡党委、政府的重视，那我们凤凰村真的要变样了。至于补充村干部，我个人认为，在村里还真找不到一个合适的人选，还是等到年底外出打工的村民回来了，到时候再差额补选几个人进村委。虽然村委会暂时只有我们三个人，势单力薄了一点，不过只要我们不怕苦，这些困难还是可以克服的，我和李连长一定会支持詹主任的工作。"

　　过了一会儿，李春金也谈了自己的看法："我同意郭主任的意见，我们做事不能操之过急。我们听说詹主任买回来了两只猪崽，这可是村里的新闻啊！凤凰村的村民养猪历来不积极，而且你们家原来并不养猪，现在也开始养了，带了个好头。几年前，有个别家庭养了好多头猪，想办小型家庭养猪场赚大钱，可是投资了一大笔资金，猪发瘟全死掉了，损失惨重，以后也就再没有人敢养猪了。我建议詹主任把你家这两只猪崽放到村民们都可以看得见的地方饲养，最好请乡畜牧站的兽医全程跟踪，看看发猪瘟的根源在哪里，到底是我们凤凰村的水质有问题还是吃的东西有问题。要是养猪真的能够挣钱，我想村民们都会跟着养猪。"

　　詹主任颇有感触地说："李连长、郭主任，我很感谢你们两位，你俩的话很有价值，你俩的建议非常好，我决定采纳。同时我还想请郭主任兼任村里的宣传员，每天晚饭后到各个村去宣传村里的决定和党的政策，特别是要多宣传村里的好人好事和创业致富的事。"

　　詹主任交代了一些事情后，又对全村的环境整治提出了要求，这件事主要还是由詹主任来做。他先要求每家每户把屋前屋后的垃圾清理掉，集中放在一个地方，然后让垃圾车运走，免得影响整个村的村容村貌，同时还对水库的管理提出了想法。他对李连长说："你要抓紧时间把水库那边治理一下,淤泥该清的要清,堤坝该加固的要及时加固。等春节后,我打算买一批鱼苗投放下去,争取明年卖鱼能够挣一点钱。"

李连长和郭主任连连点头,会后立马开始干了。

李莉在这两只小猪上花了很多工夫,都恨不得把它们当小孩来养。可是养了一个月,猪还没看见长多大,家里的粮食已吃得快见底了。她听说城市里都是用饲料喂猪,不仅可以节省粮食,猪生长的时间也可以缩短。拿粮食喂猪,成本太高又挣不到钱,那养猪还有什么意义?

一个月来,村民们对养猪很感兴趣,时不时地来看一下猪崽长没长大。李莉的压力很大,如果猪没有养好,岂不打击了丈夫养猪挣钱的信心吗?怎么办呢?以前从来都没有养过猪,李莉实在是想不出办法来,心里有点急,便问父亲怎么办。

李书记是过来人,以前发动村民养过猪。当时猪为什么发瘟,主要是村里没有医疗技术,猪感染瘟疫都死了。詹顺平能够再次养猪,说明他应该有自己的想法,自己做长辈的更应该支持。

他告诉李莉:"你可以到山上去采野菜、野草,把野菜、野草与米糠搅在一起给猪吃。这样不仅猪长得快,还可以节省粮食。最关键的是要请兽医来给猪打疫苗。我们一定不能给顺平拖后腿,要把这两只小猪养肥、养大,让全村的人都感受到顺平的计划和理念是正确的,这样才会自觉主动地跟着顺平走,这样才能达到带动全村致富的目的。"

詹主任到乡畜牧站请了兽医来给猪做检查。他开始还认为应该请乡卫生院的医生来给小猪做检查,像给人检查一样。乡卫生院的刘院长气得牙痒痒又好笑,大声骂:"好你个小子,刚当上村主任翅膀就硬了,敢叫我一个堂堂的院长去给你两只小猪做检查,你这不是存心挖苦我嘛!要是传出去,我这个院长还怎么做人?院长不当是小事,那以后这个医院还有人敢来看病吗?人家会说我这医院不是给人治病,而是给猪治病的。"

詹主任听后也急了,声音提高了八度:"我不找你,我找谁呀!兽医我又不认识,畜牧站也没有你们医院这么多的仪器,更何况我没有钱,只能请你这个老朋友做个免费检查。我的好朋友,你也是医生,总得给我想个办法吧。这两只猪崽对我来说是多么的重要,你知道吗?你之前说支持我,可不能到了关键时刻就翻脸不认人。我也告诉你，你今天不给我解决这个难题，我就坐在你办公室里不走了。我就让大家知道詹顺平的好朋友刘贵乍院长是一个有难不帮的人。"

半个小时过去了，詹主任坐在院长办公室里一动不动。这下轮到刘院长急了，他是一个沉不住气的人，心想自己一个院长，哪能去给小猪做检查呢？这条路肯定是行不通的。医院的院长去给牲畜看病，要是传出去，不成了千古笑话？

刘院长不由得黑起脸来骂道："詹顺平，你真不够朋友，别人都说你很精明，我现在要给你加上一句：无赖！老子算是彻底服了你，坐在这里还要起老赖来了，是不是还要好酒好菜招待你不成？这样吧，我带你去畜牧站请兽医，至于检查费我先帮你垫上，行不行？不过，等你把猪卖出去了，可得还我哟，不然你嫂子会骂我的。"

经刘院长介绍，詹主任这才带着黄兽医回家给小猪做了全面检查，结论是小猪发育很正常，只是有点儿消化不良。黄兽医给猪打了一针，给了几粒打蛔虫的药就走了，走时没有收费用，说是刘院长个人已经垫付了。

詹主任的心放下了，像一块石头落了地。他每天和李大水早早就起床到山上去割猪草。李莉在家里把猪草清洗再剁碎，把猪草和米糠搅拌在一起，放在锅里煮熟了，直到潲水散发出浓郁的香味才盛给猪崽吃。他们一家人把两只小猪当作掌心里的宝，真是整天为猪愁来为猪乐。有时三更半夜，詹主任还要起床看小猪是不是睡觉了。看见猪没有睡觉，他就蹲在边上陪着小猪，嘴里不断地祈祷："猪啊猪，你们快快长大吧，我现在的希望都寄托在你们身上了，要是你们像原来的猪那样不争气，我可真的没有信心干好村主任了。请看在我养你们这么久的分上，快快长大吧！"

詹顺平说得自己都忍不住笑了，他已经神经兮兮了。

詹主任就是想通过养猪这件事，让贫穷的凤凰村迈上思变谋变之路，并通过养猪这件事，树立乡亲们干事的信心。干事要从小做大，一步一个脚印，这样才可以成功。

他把心里的真实想法告诉李莉。

李莉高兴地答道："你的想法很好，这可是一个好的兆头，说明我们养猪一定会成功。现在你什么都不用去想,回房间去睡觉吧!猪也不是一天两天就长得大的。"

詹主任只好跟着李莉往房间里走,但他巴不得一夜间猪就长大了。他躺在床上还在想这事,怎么都难以入睡,耳朵里老是传来猪的哼唧声。

自从给猪做过检查之后,詹主任便按照黄兽医的建议,改变了对猪喂养的方法。他到乡畜牧站赊来两包猪饲料,按照科学饲养方法进行喂养,让仔猪日长 1 斤多。果然这个办法好,5 个月不到,两只小猪就已长到 100 多斤,一天到晚睡觉长膘,惹得村民们都来看稀奇,说我们凤凰村终于能养猪了,猪不再发瘟了。

郭蓉姣每晚都在广播里宣传猪当天增加的重量,但还是没有一个村民下定决心养猪。詹主任虽然表面上装作若无其事,可急在心头。他想也许是时候还没有到,等把猪卖出去后,村民知道养猪挣到的利润后,才会来养猪。

一晃半年过去了,两只猪都达到了近 300 斤。詹主任想着如果再养下去,也重不了多少,干脆把它们卖了,再买几只猪崽回来养,这样一年就可以卖出两批猪。他又觉得养几只猪太少了,可是多养又没有那么多资金,同时猪养多了吃什么也是问题,野菜毕竟少,何况也没有那么多猪栏,这些问题缠绕在詹主任的脑海中好多天。

詹主任按照李大水的意思,卖出一只,另一只自己宰了半卖半送分给村民们。如果村民们尝到了甜头,也许都会放开思想包袱,大干一场。

詹顺平在 6 月 16 日杀了猪,给村里的"五保户"都免费送了 2 斤猪肉,其余的全部低于市场价 8 元卖给村里人,猪头、猪脚和内脏则留下来,让李莉好好地吃上几天,算是重奖她。

詹主任请来了杀猪佬,并把几个老队友也叫来助威。

凤凰村就像过年过节一样,很多人围在李大水的房前,看杀猪佬忙活。

李大水兴奋得说不出话来,很多年来都没有见过这样的阵仗了,他仿佛又回到了书记的岗位上,然后声音洪亮地说:"乡亲们,今天算是凤凰村的喜事,多少年了,我们凤凰村一直养不成猪,养成的也就百来斤,还总是发猪瘟,搞得人心惶惶。现在好了,乡畜牧站的医生以后会长期为凤凰村的养猪业保驾护航。凤凰村今后在詹主任的带领下就有希望了,以后各家各户都可以养猪发家致富了。"

李莉已经烧开了一大锅水准备烫猪毛,杀猪佬也拿着捆猪的粗棕绳往猪栏里走去。

詹主任急忙对围观的乡亲们说:"现在请大家都往后退一点,别让猪跑出来撞伤了,有力气的乡亲请一起来把猪放倒。"

在詹主任的一声招呼下,年轻点的村民七手八脚把一头猪给捆起来了。杀猪佬在众人的帮助下,将大肥猪按倒在长凳上,只见尖刀从猪的脖子间捅进去,鲜血便喷涌而出……

杀猪的过程省略不讲,肥猪宰杀结束后,詹主任详细算了笔账:一头整猪除了饲料等成本,净挣了800多元钱,还是在半送半卖的情况下。这是他没有想到的结果,他心里乐开了花。如果现在有10头猪卖出的话,那不就可以挣到8000元吗?要是还有更多的话,成本也高不到哪去,利润就更高了,那用不了多长时间就可以过上富裕的日子了。詹主任心里头盘算着,一头猪最起码能挣1000元钱,对于温饱都成问题的家庭,这可不是一个小数目。

最后剩下的一些猪肉不好分,詹主任便把陈所长、陈站长和谢所长都叫来商量。还是陈星脑子活络,提出了一个建议:在院子里架起一口大铁锅,让大家尝尝大口吃肉的感觉。詹主任觉得这个建议是目前最好不过的了,乡亲们还从自个儿家里拿了萝卜啊,土豆啊,粉条啥的,往锅里一股脑放。

全村的人都乐开了花,不仅仅是因为吃了肉,而是凤凰村实在沉寂太久了,人们在沉寂中消磨了精神劲,生活没了盼头。村里上了年纪的长辈们也来了,早就没牙了,哪能吃得动肉,只不过也想凑凑热闹,老人其实是很喜欢热闹的。詹主任养猪的成功,让村民感觉生活有了盼头。

大家吃得津津有味,抹着满嘴的油笑开了花,有几个老人激动得流下了泪水。他们活了大半辈子,最怕的就是夏季了。洪水一来,什么都不剩了,过着寄人篱下的日子,哪里还能吃上猪肉啊?

李连长和郭主任回去时,詹主任特意给他们也准备了两斤肉带回去,村里的工作多亏有他们的大力协助,尽管两斤肉对他们来说微不足道,但也是表达自己的一片心意呀。当村民们散了后,詹主任才松了一口气,感觉到有点累,可他仍然精神抖擞地忙着清理。

他觉得,能够实现第一步计划都是李莉的功劳,这对詹主任是最大的安慰。不管他做什么样的决定,她都听他的,从来不会反对。詹主任感觉到结婚这么久还没有好好感谢李莉一回,于是他把猪心切成两半,放在炉上蒸,然后装成两碗,一碗端给李大水,一碗端给李莉。这是他最敬重的两个亲人,是他以后要干事业的支撑。

可李莉怎么都不肯吃,她要让詹主任吃,最后推来推去,只好两人共同吃下这半个猪心。虽然辛苦了10个多月,但詹主任夫妇心里还是感到暖暖的,因为他们成功了,这比任何东西都重要。同时他们也明白,这只是暂时迈出的第一步,以后的路还长,他们并没有得意忘形,而是对未来有一点担心。

两只猪已经处理完了,詹主任的心里反倒空荡荡的,总感觉生活中缺少了什么东西一样。一个多星期来,他时不时地往猪栏那里看,希望两头猪拱着栏门叫得欢快,所以到了晚上他的精神就有点恍惚,总似听到猪叫的声音。

尽管村民们看到詹主任养猪成功了,但就是没有一个人去买猪崽回来养,詹主任左思右想也想不通。他跟李莉商量,自家是不是多买一些猪崽回来养,按目前的情况看,利润还是很可观的。

李莉说:"我同意你多买猪崽来养,前面养猪我们已经成功了,有经验,只是……只是买多了没有地方放,现有的猪圈太小,关了几头猪转身都转不了,若是关在家门口,那整天都是臭烘烘的。我认为还是先找人借点钱,重新做个大的猪圈,买几只母猪回来自产自养,这样就省去了买猪崽的钱。"

詹顺平一拍李莉的肩膀,说:"你的意思是干脆办个养猪场,你来当场长?"

李莉不好意思地笑了,小声解释说:"我什么都听你的,你说怎么做我就怎么做!"

"行啊,我未来的李场长,你真是我的好老婆!"

詹顺平将李莉搂在怀里,在她的疤脸上亲了几下。那处疤痕结的硬壳,硌着詹顺平的双唇,不过他没有在意,只是觉得妻子很美,心灵美比脸蛋美强无数倍！农村人家过日子,脸蛋美是次要的,夫妻俩心心相印才最重要,才能使日子过得踏实!

几天来,詹主任一直细细思考着扩大养猪规模。他觉得这个方法的确很好,可这样做需要一大笔资金,他去哪里弄这么多钱呢? 至少天上是不会掉钱的。

办公室里,詹顺平一支接一支地抽着烟。他心里乱得很,真按李莉的方法去做,资金不仅存在困难,同时人手也不够。这些问题都摆在了面前,如果不先解决这些现实问题,就没法干。

詹主任的脑海中又浮现出了梦中的情景:大批大批的猪潮水般向自己涌来,可是自己却无力阻挡,任由猪从自己的身边奔过,慢慢地消失了。

妇女主任郭蓉姣拉着10岁的女儿小梅走了进来。看见詹主任无精打采的样子,她心里非常着急,可她不知道发生了什么事。女儿挣脱她的手跑到詹主任的跟前,天真地说:"詹叔叔好,猪肉真好吃,什么时候我们还能吃猪肉?"

詹主任抱起小梅,轻轻地摸着她红扑扑的小脸蛋,充满爱怜地说:"快了,叔叔一定会让全村人吃到更多的猪肉。"

小梅仰着头道:"那你现在怎么不高兴?"

詹主任微微地笑着说:"叔叔不是很好吗?"

小梅嘟着嘴回道:"你骗人,你满脸都是乌云,我妈妈生气的时候也是这样。"

詹主任装作没什么事情的样子说:"好了,叔叔正在想事情,你自己去玩吧!"

詹主任把小梅放在地上,机灵的小女孩一阵风似的跑出办公室去玩了。

郭蓉姣盯着詹主任的脸说:"主任你有什么心事,能否跟我说说。我们可是一个战壕里的兄弟姐妹,有事的话可不能保密哟!"

詹主任想了想,还是把李莉的建议和自己的计划对郭蓉姣说了一遍。郭蓉姣听了很是吃惊,如果成功了还好,要是失败就将血本无归;弄好了也许能解决全村的生计问题,弄不好还要背一屁股债。她觉得这一计划的确很棘手,怪不得詹主任眉头紧锁、心事重重。

郭蓉姣沉默着,一双眼睛始终盯在詹主任的脸上,仿佛要把他看个仔细。

郭蓉姣自从跟詹主任共事以来,对詹主任就有了深深的好感。以前只知道他长得板正,经过近一年的近距离接触,詹主任办事时的成熟稳重和干净利索,彻底打动了她。这样雷厉风行、说到做到的村干部是多么的少见啊。有这样的干部,相信凤凰村的明天会更美好。

詹主任被郭蓉姣盯得有点不好意思,摸摸自己的脸,没有什么脏东西,今天早上洗得很干净呀!詹主任用手在郭蓉姣的眼前挥挥,问道:"郭主任,我脸上难道能生出钱来?你可盯着我好久了。"

郭蓉姣这时才清醒过来,红着脸低着头说:"詹主任,我觉得目前村民不敢去买猪回来养,主要是生活上还有很多的困难,同时大部分男人不在家,做不了主,下不了决心。你做的一切都是为村民们着想,村民们都应该要全力地支持你,我想以村委的名义发动全村捐款,不论捐多少,表达一份心意就行,然后向上级申请一部分的贷款,这样可以解决一定的资金。"

"真是一语惊醒梦中人啊,对啊,这个主意很不错。"詹主任连连点头。

郭蓉姣见自己提的建议有效并且被詹主任采纳,感到很欣慰,心里暗暗告诉自己,今后一定会好好协助眼前这个男人。

詹主任确实对眼前这个能干的女人刮目相看。她就像一个无微不至关照自己的大姐姐。詹顺平暗暗发誓,今后一定会视她为姐姐,她如果有困难也一定尽力会帮助她。

詹主任点燃了一根烟,吸了一口说:"郭主任,你一个女人又要拉扯孩子又要为村里操劳,很不容易。你要是不嫌弃,就把我当成你的弟弟,有事情尽管吩咐。"

郭蓉姣闻言欣慰不已,说:"詹主任,你心地善良,总是为村民着想,令我非常敬佩和爱戴。以后我一定要以你为榜样,为村里做一点事。"

詹主任抬起头端详着郭蓉姣,觉得对面这个女人,虽然比自己大了十岁,可看起来比自己还要年轻,一双水汪汪的眼睛闪闪发亮,饱满的身材就像早上初升的太阳,也像是含苞待放的花蕾。詹主任不敢多看,忙收回自己的目光。

他调整了一下坐姿，示意郭蓉姣坐对面的椅子上，然后说："郭主任，你的建议非常好，不过我认为发动村民捐款不太合适，要是我们改变一种方法，让村民都拿钱入股，村民做事的积极性就会大大提高。我想发动全村人集资，愿意出钱的村民，到年底我们按照出钱的多少分红。如果年底亏损了，出了钱的村民，我原封不动地赔给他们，这样可以激发大部分村民的投资兴趣，同时也给了村民们投资的信心。如果猪养得多，还可以把有股份的村民集中起来，进行合理分工，喂养的喂养，采野菜的采野菜，要是专门请人做这些事，目前还付不起这份工资。我担心的是，即便全村人都集资，资金还是不够。"

"我认为不仅要以村委会的名义向上级财政借，个人还得向银行贷款。具体养猪的地方，暂定在水库的下方，这样的目的就是清洗猪圈比较方便，同时猪粪还可以引到田地里当肥料。这些田地由村委会统一规划，种植绿色蔬菜，向社会推广，这样一举两得，使全村有劳动力的人都有事做。至于猪圈的材质，我想还是用毛竹，围起来每 10 平方米为一间。要是挣钱，到时再修专门的养猪场。另一个我担心的是猪圈的选址，虽然有上述诸多好处，但在水库下方非常不安全，要是发洪水，后果不堪设想，可是目前村里还真选不出个更好的地方。"

郭蓉姣听得目瞪口呆，她现在才深深地体会到詹主任的精明和心细。她有一种预感，眼前这个男人，不会是一个凡夫俗子，用不了几年一定会干成一番大事业。此刻，她真的下定了决心，不管前方是刀山火海还是万丈深渊，她都会跟随詹主任，协助他，支持他，哪怕让自己付出更大的代价也心甘情愿。

"詹主任，你的计划很完善，我举双手赞成。干大事者就不要前怕狼后怕虎，集资的事交给我办理，你到上面去争取支持。至于建猪圈和菜地这些事，还是由李连长负责。我对你有信心，同时对凤凰村的美好未来充满了希望。"郭主任信誓旦旦地表决心。

詹主任的嘴角露出了一个满意的微笑。"等一会儿你跟李连长说一下这个计划，我想他也一定会赞成，同时你从现在起要大力宣传这个计划，如果你晚上加班没有伴或者害怕，我就叫李莉过来陪你。"

郭蓉姣谢绝了詹主任的好意,说:"我已经习惯了,李莉得陪你呀!说真的,女儿晚上总是闹着要回家跟奶奶睡。有时,一个人守着这么大的办公楼还真有些害怕,特别是晚上,我这人胆小,看见一只老鼠都会吓得躲进被子里,可为了工作,这点苦算得了什么!"

詹主任听后非常感动,握着郭蓉姣的手说:"郭主任,辛苦你了,你的付出我会记住的,全村人都会记住的。"

回到家中,詹主任把这个计划向李大水和李莉从头到尾说了一遍。这是詹主任上任后做的最大的一件事,成功了人人都会高兴,要是失败了不但人人都埋怨,还要赔别人的钱。用什么去赔?就是把这间破房子卖了也值不了几个钱,这便是李大水的顾虑。李莉可不一样,她听到丈夫的豪言壮语,仿佛自己就是一个猪司令了,高兴地拥抱着詹主任。

詹主任来到陈星的办公室,二话没说就拉着他往外走。陈星丈二和尚摸不着头脑,出口就骂:"你小子注意一下形象,我是派出所所长,难道你还想绑架我不成?那你可是找错对象了,你应该去找财政所所长谢斌,他才是真正的财神爷。"

两人说笑着,一路走一路扯着闲话。

詹主任笑眯眯地说:"我就是拉你去一起'绑架'谢所长,我一个人的力量有限,今天非把你拉下水不可。如果你不去也行,你就借把手枪和一副手铐给我就可以了。"

陈星听后可紧张了,急忙问:"你不是来真的吧?我只是跟你开个玩笑,你小子是不是脑袋里进水了,穷得什么事都干得出来,你可不要害我。你来了就没有好事,说吧,需要帮什么忙。我陈星这辈子算是搭上了瘟神,改天一定要去烧把高香,请你这位瘟神不要再来缠着我了。"

詹主任可不管这些,兴奋地说:"我就是瘟神,这辈子就缠定你了。但如果你帮我这个忙,以后我就烧香拜你了。"

陈星很着急地说:"你小子赶紧说明来意,需要我帮什么忙直说,别再吞吞吐吐的,像个老太婆一样。"

詹主任把自己的计划说了一遍。陈星听了紧皱眉头,说:"这个创业计划还是不错的,但是做起来有很大的困难,资金就是第一大问题。光凭你们那鸟不拉屎的凤凰村能集资多少？可目前银行贷款也很难,必须要有相应的物资抵押,同时还要有熟人担保。你以村委会的名义找财政所借钱也难,谢斌可没有这个胆量敢借钱给你,弄不好会丢了'乌纱帽'。你小子如果把朋友们都拉下水,到时候你连稀饭都喝不上,别说是借钱了。"

詹主任听了陈星的话,忙求他:"陈所长,陈大哥,我俩的关系是最好的,你可不能见死不救啊。我成大事了,还会忘记你吗？你就给我想想办法吧。"

陈所长想破头也想不出一个万全之策,只好带着詹主任闯进了财政所。

谢所长一见是詹主任和陈所长,就知道这两个人一起来准没好事。谢所长开玩笑地说:"今天可没有吹东北风啊,詹主任大驾光临,真是蓬荜生辉呀!"

陈星没好气地说:"只怕你是灾难降临,黯然失色哟!"

谢斌疑惑地说:"不会吧？我们财政所到处充满了阳光,难道詹主任带来了瘟神不成?"

陈星哈哈大笑说:"你猜得一点不假,我刚才还想烧香拜佛驱瘟神呢,可是甩不掉,已经缠上身了。所以作为朋友,我们只好有难一起受了。"

谢斌生气地说:"你小子真不够意思,怎么能把我也拉下水呢？这不是陷我于万劫不复吗?"

詹主任平静地说:"也不是什么大事,对于你这个财神爷来说只是小事一桩,千万别紧张,要不然会得心脏病的。只要你肯帮我一把,我会感谢到一直闭上这双眼睛为止,当然目前我还不能闭上眼睛,最少也得再过40年差不多。老兄你想想,自己被人用40年的时间来牵挂感谢,这是一份多么深情的惦记啊!事情是这样的,我想以村委会的名义向财政所借一笔资金,越多越好,主要用于投资凤凰村的养猪业。"

詹主任把养猪的计划从头到尾地介绍了一遍,可是谢所长并不感兴趣,主要是他也没有这个权力,便回复道:"詹主任,你的雄心我理解,但我只是乡财产的管理人,并没有支配权,你这个申请的确很为难我,这也没有先例。当前乡财政也非常困难,很多干部职工的工资发不出来。作为朋友,你要是有别的什么事,我绝对会帮。可这次关于钱的问题,我真是爱莫能助。"

詹主任有些心灰意冷地说道："大所长你别拒绝得这么快，总得帮我想个办法出来吧。"

詹主任给两位所长点上了烟，焦急地等待谢所长的回话。

谢斌光溜溜的额头闪烁着光芒，两只小眼睛在来回转动，一根烟抽完后再接上一根，才缓缓地说："借钱这条路肯定是行不通的，上次乡党委会议决定给你们村拨3万元作为兴建学校的资金，我们已经支出来了。其实这3万元根本就建不起学校，只能买些书籍和学习用品。本来派老师下去，可没有一个老师愿意去，都说凤凰村太远、太穷了，所以这件事情就暂时搁下来了。至于贷款，你也不能以村委会的名义，这样违反了组织纪律，村委会没钱了，银行找谁去要钱？只能以你个人的身份去贷款。针对你目前的情况，银行是不会草率地贷给你的，我可以做你的担保人，但这两件事都必须要有主要领导点头签字才行，走其他的路子真的行不通。钱是一个敏感的东西，稍不留神就会沾上满身的腥味。詹主任呀，老哥的身家都为你搭上了，你可千万别出乱子搞砸了，到时不要说你感谢我40年，哪怕是4秒钟我也承受不起啊！"

詹主任不得不佩服谢所长办事的精明和圆滑。听了谢所长的话，他像是看到了成功的曙光。他想，为了搞到这笔钱，就算是求爷爷告奶奶，自己也愿意做，可是要主要领导出面，这去找谁才好？

谢所长眨眨眼说道："这主要领导嘛，就交给陈所长去办理。能否顺利完成我们的计划，就得看陈所长。"

詹主任这时才恍然大悟，有陈所长去找陈书记出面，资金的问题应该是会解决的。

陈星很不高兴，骂道："谢斌你这个阴险狡诈的小人，自己能搞定的事总要把我拖进泥潭里。要不是为了詹主任办大事，我才懒得理你呢。"

谢斌昂起头回应："我就是这样，你不服气咬我呀！"

陈星气得直跺脚，用手指着谢斌却骂不出声，便转身就走了。谢斌若无其事，气定神闲地坐在沙发上慢慢地品尝着那杯红茶。

过了约莫一个小时，陈星才回到财政所里，一进门就擂了詹主任一拳，骂道："你小子真是命好，我上辈子真是欠你的了，为了你的事，我可被陈书记骂得狗血淋头。他说：'谢所长出的馊主意，你一个派出所所长也跟着胡闹。乡党委、政府决定的那3万元绝对不能挪作他用，否则就犯了原则性的错误。虽然养猪是好事，但我们作为党员要有党性，不能犯原则性的错误，要分得清大是大非。你去告诉谢所长，如果想帮忙，就以他个人的名义借出这笔钱，要不然就把这笔钱直接拨到村里去。贷款的确有很大的风险，办理养猪场，凤凰村没有经验，技术又跟不上，要是失败了，詹主任用什么来还款，我如果打了招呼不是要负连带责任吗？'"

当时陈星的心快要蹦出来了，他着急地说："陈书记，老爸，你就帮帮我这位朋友吧。詹主任讲信用，重感情，同时我也相信他一定会成功的。你应该也感觉到，自从他上任村主任后，凤凰村已经发生了很大的变化，各方面都走向了正轨。我敢肯定地说，要是凤凰村交通方便的话，这小子肯定能大展拳脚。要是他办起了这个养猪场，各方媒体都会来采访报道，到时凤凰村就是我们乡的亮点，成为自主创业的村级代表，能够引起上级的关注，也会吸引一些企业家来投资。你想想，这会给我们乡带来多少的利益和名气啊！陈书记，只要你给银行的刘行长打个电话，其他的事我们去办。当然，贷款多多益善，最少也得十来万吧。"

陈书记静静地听陈星讲，脑海中回忆起詹主任，感觉这个人还不错，头脑机灵，人长得比较精干，口才很好，几年前入党的时候还是自己介绍的，总体还算比较优秀的人。特别是詹主任非常重情义，言出必行，果断勇敢，算得上一个人才。

目前在基层敢于冒险的人不多，如果不去大力支持他们，最终会导致人才的流失，那样的话真是得不偿失。陈书记决定还是站出来帮一回，名义上是帮了詹主任，如果成功了，实际上也是等于帮自己。他告诉陈星："我就打个电话说一下，最终成不成，你们自己去解决。"

陈星听了这句话，像接到了圣旨一样，立正向陈书记声音响亮地回答："是。"

詹主任听后，感激之情充满心田，他握着陈星和谢斌的手不舍得松开，眼眶中的泪花已经在打转。谢斌站起身突然说道："你先别激动，八字还没有一撇呢。"

然后,谢斌带着他俩向银行走去。

詹主任先把3万元取了出来,之后他们走进会议室向刘行长汇报了贷款的前因后果。刘行长沉思了一会儿说:"既然有两位所长作保,还有陈书记的指示,我也不阻拦。但是贷10万元我不敢答应,最多也只能贷5万,期限必须是1年,不知你们意下如何?"

詹主任满口答应:"那就贷5万吧。"

他知道做到这一步已经很不容易了,要是再提过多的要求,说不定什么都办不成,行长也有行长的难处。

办理好手续后,詹主任揣着8万元兴高采烈地回了家。此刻,他感觉到天真的很宽、很蓝,阵阵的秋风吹来是那样的凉爽。

郭蓉姣正在办公室里登记来集资的村民,整个办公楼被村民们围得水泄不通,大家依次登记,集资100元、50元、10元不等。没有轮到的村民在外面窃窃私语:"我好担心,万一把这些年来所存的钱亏掉了,可就吃大亏了,男人回家还不把我打死。"

有人生气地回应:"你要是怕就别集资啊,我相信詹主任一定会成功的,像这样的好人就算是打着灯笼也找不到啊!哪怕年底什么也没有,我也不会要求詹主任赔,这是我自愿的。"

詹主任回来了,人群中让开了一条小道,大家都亲切地向詹主任打招呼,詹主任一一回应,没有一点架子,脸上始终带着微笑。他站在人群中,高声地喊:"乡亲们,发动这次集资的目的,就是创办我们凤凰村自己的企业,以后你们的家人就不需要到外面流浪,过着风吹雨淋的日子了,他们都可以回来和我们一起干事业。至于其中的政策优待,你们应该听广播了解了,今天我到乡里汇报了这个计划,并向银行贷出了5万元。我相信只要大家心往一处想,劲往一处使,我们的事业一定会成功,穷日子将会一去不复返,我们都会过上城市人的生活。现在你们愿意集资多少就集资多少,村里不强求,不管什么时候来集资,我们都随时欢迎。年底如果有利润,我们一定按出钱的百分比分红;如果亏了,我詹顺平分文不差地赔给你们。请相信我,我用自己的人格和生命向大家保证,今后所有的账目都公之于众。当然,如果谁集资进来,没到年底结算的日期,中途想撤出来,那我是不会答应的。这样做的话,会影响整个产业的发展,也会造成账目的混乱,到时就会使企业运转不周,所以请父老乡亲们在集资之前,一定要好好考虑清楚。"

詹主任动员过后,人群中发生了一阵骚动,但很快就静了下来。大家争先恐后地向郭蓉姣办公室里挤。郭蓉姣一直登记到晚上 6 点钟才把这项工作做完。经清点,整个村集资一共 26 000 元,这对于凤凰村来说是一个天文数字,有的村民将几十年来的积蓄都拿出来了,要是搞砸了怎么对得起这些朴素善良的村民呢?他们是满怀希望来集资的。

内心的不安像颗流星一样划过,詹主任很快就平静下来。他把今天贷款的前后经过向两位村干部说了,着重讲了陈书记的指示,要讲组织原则、讲党性,不能以村委会的名义去贷款。詹顺平说:"我只好以个人的身份贷出来 5 万元,同时这 3 万元款项如何使用,还请你们定夺。我刚才没有向村民们说,主要是担心一些村民误解我们,造成工作上的被动。这 3 万元要建一所学校是不可能的事,乡里没有老师愿意来,财政所便扣着这 3 万元。要不是陈书记指示,这 3 万元到现在也拿不回来。我想拿出 1 万元来添置一些教学硬件,按村里自身的条件,把这办公楼改成教室,只留下我这间办公室,以后我们三人就合用。至于老师,就请李家组的李晗同志当,他刚初中毕业,现还在家里,工资就由我来发,具体就由老书记李大水负责,他毕竟也是有文化的人,而且人缘好。剩下的 2 万元划为养猪经费,不知你们两位有什么意见?"

两位村干部异口同声地答:"我们同意你的建议。"

"其实我也知道这样做违背了组织原则,但是我们总不能捡了芝麻丢了西瓜吧,要分清轻重。我想,如果现在买 500 只猪崽的话,到年底就可以出栏一批,我们就有一定的资金周转。同时,年底要把水库的鱼全部售出。要是有了一定的资金,我计划明年开春就先把学校建起来。这只是我个人的想法,你们两位如果还有更好的建议,可以随时提出来探讨,但目前我们一定要对这个计划保密,不能泄漏任何消息,要不然就会引起很大的风波。

"下一步我准备利用半个月的时间把建猪圈的地方清出来。郭主任要带领全村的妇女们,利用半个月的时间用毛竹制作简易的猪圈,之后我再利用 10 天的时间制作出 200 个猪槽,郭主任利用 10 天的时间到山上去采野菜回来切碎晾干。

"我带领王运成和刘大海两名村民到县城畜牧站去购买猪崽,同时还要带一些饲料回来。不管有多大的困难,我们都必须克服,是骡子是马,我们都要拉出来遛一遛。这第一炮我们坚决要打响,你们更多的还是要做好村民的工作,大家只要发扬李书记当年抗洪的精神,凤凰村就没有做不到的事。当然,郭主任你还要继续在广播中宣传好人好事,并告诉村民,只要参加劳动,每人5元一天,年底结账。"

詹主任布置完工作,三个村干部便分头行事,整个凤凰村就像打仗一样,人声鼎沸。男女老少齐出动,敲敲打打,热闹非凡。凤凰村被村民的笑声包围了,短短半个月时间,崭新的猪圈如同整齐的队伍,坐落在水库的下方。

詹主任带着两位村民,赶往县城畜牧站的种猪场求购猪崽。兴许是詹主任运气不好,刚到畜牧站种猪场,猪崽就销售一空,要想当天购买回村是不可能的事情。何况詹主任要的数量又多,畜牧站的同志都被惊呆了。200只小猪,从来没有哪个老板有这样的气魄,一般都是买10多只,顶多也就是30来只,一下要这么多,还不把整个县城的猪崽买完了。但在詹主任的一再坚持下,畜牧站种猪场的工作人员被詹主任带民致富的事感动了。

畜牧站黄站长立即召集全站同志开紧急会议,发动一切能够联系上的关系和路子,想尽一切办法帮詹主任买回所要的猪崽,同时猪崽的质量要有保证,要用最短的时间,办最理想的事。在黄站长的重视下,也用了半个月的时间才购回詹主任要的猪崽,同时还购回了100袋饲料。黄站长用了3辆卡车,免费把猪崽和饲料送到了凤凰村。

猪是买回来了,可饲养却是一个大难题,大部分村民没有养猪的经验。李莉手把手地教,有的村民还是不明白,不是少放了猪食,就是多放了饲料,一个月的时间不仅浪费了一半的饲料,还死了10只猪崽。詹主任的心在滴血,怎么办?再这样下去真的会血本无归。他没日没夜地守候在猪圈里,寸步不离地观察猪的情况。他发现了一个问题:死了的猪崽之前都是拉稀,难道猪得了病不成?詹主任连夜赶到县畜牧站请教黄站长。

黄站长一听就明白猪是感染了细菌,要打消炎针,同时一定要保持猪圈清洁。

　　詹主任摸着头不好意思地说："打针要不少钱吧？为了买这些猪差不多都倾家荡产了，黄站长给我们想想别的办法，凤凰村的所有村民都会感谢你。我们的希望都寄托在这批猪身上，如果再不治，到时银行的贷款还不清，就连欠你们站的2万元也无法还上啊！"

　　黄站长沉思片刻，爽快地说："帮助你们是应该的，我们畜牧站也全靠你们呀。这样吧，我派人到你们村蹲点一个月，全方位地提供服务保障，不需要你们的任何回报，不过得管服务同志的吃住。如果饲养走上正轨了，我们的同志就撤回来，但你必须保证，等猪出了栏，2万元你要及时还清。"

　　詹主任听了黄站长的表态万分感谢，并信誓旦旦地保证一定按照黄站长的意思办。詹主任带着两位畜牧站的同志回村，畜牧站的同志立马给猪打针、消毒，组织村民清洗猪圈，并把饲养的技术传授给村民，猪崽很快又活蹦乱跳了。一个月后，猪崽每天一个变化，生长的速度非常惊人。

　　詹主任这才松了一口气。他把畜牧站的两名同志视为凤凰村的救星，将他们照顾得无微不至。两名同志撤回时，也做得很有情义，把带来的药品和医疗书籍都留给了凤凰村，并且教会了大家怎么养猪。

　　猪生长的势头喜人，詹主任组织全村人民立即着手在猪圈下方整理出了几千平方米的菜地，一垄垄有序地排列在猪场边上，播种、施肥、浇水，村民们争先恐后地干。几个月后，菜地里一片绿油油，各式各样的菜应有尽有，将凤凰村点缀在绿色的世界里。

　　然而菜是种起来了，却一时找不到销路，有些菜长大后不及时吃，就黄掉了。还有的村民夜间等管理人员睡着后，偷偷跑到菜园里摘菜，被发现后还理直气壮地说："这菜我们也有份，你们自己瞧瞧这么成熟的菜不吃掉，那不太可惜了？难道詹主任组织全村人种菜，情愿菜烂在地里，也不愿意给村民吃？这是什么道理？如果再不分给我们吃，我们就到村部去闹。"

　　几个好吃懒做的村民，在菜地里理直气壮地摘着现成的蔬菜，好像是他们家里的自留地一样拣好菜摘。管理人员也只能眼睁睁地看着。詹主任痛心疾首，他并不怪这些村民，只是交代郭蓉姣在广播里宣传村里的政策计划。

"乡亲们,菜地里的菜长势很好,绿油油的,谁看到都会心动,可这是我们全村人民的劳动结晶啊,每个人都为此付出了汗水。菜园是属于大家的,但是有个别村民晚上偷偷跑到菜园里摘菜,这种行为不仅违背了村里原先的规定,还损害了全村人的利益。这些人请好自为之,不要私自去摘菜,到时村里会统一分配。要是再发现有私自进入菜地的村民,将取消享受村里的待遇,希望全村人民相互监督。"

詹主任最终决定,把成熟的菜收起来,统一分配到各家各户,毕竟这都是村民的血汗,如果连自己的劳动果实都享受不到,那以后就难再发动村民劳动。同时,他想让全村人吃上自己种的菜,这种成就和幸福感,也是最好的回报,尤其是目前销路还没有找到。

詹主任选了一个日子,全村按人头分配,每家都领了一堆菜回家。同时,郭蓉姣还在反复宣传村里的政策。此后,再没有村民私自摘菜。

詹主任在办公室里徘徊,这样的情况不能再继续下去了,这么多鲜绿的菜,如果卖出去一定能赚不少钱。村里家家户户都种了菜,像这样的蔬菜没有哪家缺,可是城里就不一样了,要吃上这样的绿色蔬菜,可真是太难了。然而,这些蔬菜用什么方法运到县城呢?最关键的是村里没有车,也还没跟贩卖蔬菜的人联系上。

詹主任决定跑一趟县城,打听一下消息,最主要的是想了解蔬菜的行情,找到贩蔬菜的人,和他们约定好条件,让他们上门收购是再好不过了。

詹主任在县城走了半天,苦于无人引见,他再怎么费尽口舌也没人理他。

怎么办?詹主任真的后悔没有带一些样品来。如果以事实说话,别人也会相信自己,好不容易来一趟县城总不能空着手回去吧。可是再这样转下去也不是办法呀,县城里也没有一个熟人。

詹主任用手摸摸肚皮,里面好像有磁铁一样,将前胸和后背吸在一起。他这才想起从昨晚开始,就没正儿八经地吃一顿饭了。他早上走了好远的路才坐上汽车,体力消耗过大,饿得有些晕头转向。于是,他赶紧在一个小快餐店吃了一碗汤粉,填了一下肚子。

吃完饭,他又接着开始转市场,一直转到了下午5点多钟,见天色渐渐暗了下来,才想到回家。可最后一班车开走了,他有点懊恼,怎么就误了班车呢?现在就算是走一夜也走不到家里。

在车站外的长凳上坐了一会儿,詹顺平站起身来,拿着一个黑色的皮革手提包,在街上寻找栖身的旅社。眼下还是找到睡觉的地方要紧。

人生地不熟的,旅社没找着,肚子又开始叫唤起来。詹主任急忙走到夜市旁边的"君悦小吃店",要了碗面条。面条刚端上桌,他就狼吞虎咽般吃完了,然而肚子里还是空空的。他想,也许自己真的太饿了,那就再来一碗。

第二碗面条下肚,詹主任才感觉到肚子里有点东西。他很想吃第三碗,这面条吃起来香甜、细嫩、爽口,越吃越想吃。他平生还没有吃过这样好吃的面条。

詹主任摸摸口袋,几个口袋的钱加在一起也只有几十元,晚上还得找地方住宿,明天还要坐车回家。想来想去,实在不舍得再花钱吃面条了,他便拿出 3 元钱付给老板,转身就朝一条古老的、逼仄的街道走去。

他心想着还是先找个地方住下来再做决定。当走出街道 10 多米时,迎面碰上了畜牧站黄站长。詹主任仿佛遇见了救星一样,拉着黄站长的手激动地说:"大恩人啊,在这个地方能遇见你,真是我上辈子修来的福气。在这个人生地不熟的县城,我真像一只无头苍蝇,不知该钻到哪里去。回家已经没车了,更何况我来县城办的事还没有办好。"

于是,詹主任把自己此行的目的跟黄站长说了一遍。

黄站长听后很敬佩,觉得詹主任真是一个干事业的人,能交到这样的一个朋友,值了。

黄站长热情地把詹主任迎回了家,两人就像多年没有见过面的亲兄弟一样亲切,黄夫人亲自下厨炒了四个荤素菜,煮上了香喷喷的白米饭。

黄站长倒上两杯酒,说道:"詹主任,今晚你大驾光临,令我非常高兴。这就是缘分,我感觉我们一见如故。"

詹主任很有感触地说道:"黄站长,城市里的生活就是不一样,想要什么随时随地都可以买到,我真是好羡慕。我们凤凰村同县城相差得太远了,目前大部分地区连电都没通,村部也只是每晚通两个小时的电,较偏远地方的村民一年四季都是点油灯,别说是看电视了。我当这个村主任的目的就是想改变凤凰村的现状,让全村都能用上电、看上电视、有自己的洋房,最少也能够娶上媳妇,不会一辈子打光棍。尽管这条路走起来还很艰辛,但我的决心不会改变,信心不会垮,要一直走下去。"

黄夫人闻言,扭过头来盯着詹主任看。她觉得自己的丈夫没有看走眼,眼前这个詹主任绝非平常之人。瞧他眉清目秀,额头高耸,鼻子挺拔,嘴唇厚实,今后定是非凡之人。

黄夫人说:"詹主任,要是你以后来县城,就到我们家里来落脚。哦,对了,詹主任,不知你找了对象没有,要不大嫂帮你介绍一位?"

詹主任很感动地说:"大嫂,非常感谢你的好心,我有爱人了。"

黄夫人惊讶地问道:"那妹子还好吗?长得漂不漂亮?下次来县里,你可得把大妹子带来。"

"一定,一定。"詹主任感叹道,"我真要感谢命运的恩赐,认识大哥大嫂是我的福气。祝你们永远年轻,青春永驻!干杯!"

詹主任说完一饮而尽,三个人都哈哈大笑。

詹主任和黄站长就这样你一杯我一杯地喝着,不知不觉已经是午夜时分。詹主任和黄站长醉得一塌糊涂,都趴在桌子上睡着了。黄夫人也早就抱女儿回房睡觉去了。

4

詹主任醒来时,已是早上8点多钟,他的头特别痛,想挣扎着起床,却全身无力。他快速地回想昨晚发生的事,觉得很不好意思:在黄站长家醉得不省人事,给黄站长留下了很差的印象。

对了,昨晚自己不是趴在桌子上睡的吗?怎么会躺在床上睡呢?昨晚自己好像做了一个梦,梦中有李莉,李莉有了一张美丽的脸蛋。他使劲地摇晃着头,想回忆起昨晚发生了什么事情,可是越想头越痛,什么也想不起来。他后悔不应该喝那么多酒,他更不清楚自己有没有酒后失言。酒不是一个好东西,他再次警告自己,今后一定不能喝醉酒。目前自己还在创业路上,还有很多的事情等着他去做,这一切都不容自己有任何闪失,不能走错一步。

詹主任想告辞,走到客厅问黄夫人:"大嫂,黄站长呢?"

黄大嫂随手一指卧室:"他昨晚醉得比你还厉害,现在睡得像只死猪一样,就算是天塌下来,他也不会知道。你的事情,我会督促他去办的,你放一百二十个心,就等着好消息吧!"

詹主任赶忙道谢,除了感谢的话,他也不知道说什么了。他再三谢过便离开了,连早饭都没吃。

詹主任走在县城的街道上,看着早点摊上的包子油条根本吃不下,甚至有点反胃。他没进店里,没有明确的目的,何况头还是痛得厉害,只能漫无目的地往前走着。他心里七上八下的,虽然黄夫人答应了自己,但黄站长还未起床,事情又不能拖,还是需要另想办法。

可詹主任能想到什么办法呢?没有。县城里的人,除了黄站长,他谁也不认识。詹主任只好又转身朝黄站长家走去。

只是他没上楼去敲门,而是在楼下的大门口等着,等黄站长出来。

黄站长被老婆从床上拉起来,洗把脸就出门了,没想到詹主任在楼下一直等他。眼下,他必须把詹主任的事情落实。

黄站长陪着詹主任来到了县农贸局陈局长的办公室。陈局长坐在办公桌前,气定神闲的样子。詹主任整了整自己的衣服,嘴巴对着手哈了口气,看还有没有酒味,可不能让领导觉得自己是个酒鬼,那什么事情也办不成了。好在等黄站长的时候出了不少汗,头也没那么痛了,酒味也散发得闻不出来了。

詹主任走到陈局长的办公桌前,深深地鞠了一个躬说:"陈局长好!我是凤凰村村主任詹顺平,耽误您宝贵的时间了。我有一事向您汇报,主要是要请局长出面协调,帮凤凰村解决目前的燃眉之急。凤凰村的村民自己建起了养猪基地和绿色天然蔬菜基地,经过全村半年的辛勤努力和黄站长的技术保障,猪生长的速度很惊人,现基本上每只猪已有300斤左右,都可以出栏了;蔬菜的长势也很好,整个菜园有50余个品种,全是经过村民细心栽培的无农药、无化肥的蔬菜,施的全是农家肥,吃起来特别香。我们想把这些蔬菜换成钱,增加集体收入,但由于凤凰村交通不便,仅依靠在乡里推销根本销不了。村子离县城又太远,如果不找到一个可以长期代销的人,那么运来的蔬菜也会烂掉。我们凤凰村是一个贫困落后的山村,想靠养猪种菜谋出路、求发展。这就需要陈局长的相助,要不然全村投资这么大,最后落个竹篮打水一场空,我这个村主任怎么跟全村人交代呀!局长如果有空,我代表凤凰村的大家真诚地邀请你到我们村实地考察一番,让您体验到凤凰村人民的纯朴和热情,让您领略到凤凰村还有许多丰富的资源有待开发。我们凤凰村的人都会感谢您的雪中送炭!"

陈局长认真地听着詹主任的汇报,并不时地点点头。他觉得眼前这个村主任的确是难得一见的人才。自己工作这么多年来,还没有遇到一个村干部像詹主任这样,在领导的面前有礼有节地谈自己的梦想。有的村干部不是躲躲闪闪,就是低声下气。詹主任却能够挺起腰杆,眼神直视自己,这份胆量和智慧,也是难得一见,何况还是一心为民着想的村干部。自己作为一名主管全县农贸的局长,觉悟还没一名村主任高吗?自己还真的应该到凤凰村去一趟,看看是不是像汇报中的一样。

陈局长看着眼前这位年轻的村主任,其实他也听陈书记多次在自己面

凤
凰
村

前表扬这个詹主任,说他年轻有为,敢作敢当,最主要的是确有一颗为民做事的心,这样的人多难得啊。

陈局长语重心长地跟詹顺平说:"你是一名好村干部,好好努力,一定会大有作为的,你只管好好干,有困难我一定想办法帮你解决。这次你说的村里燃眉之急我已知道了。我亲自去一趟凤凰村,顺带考察考察,或者还能给你提提建议呢!"

几天后,陈局长带上三个人,开着一辆吉普车驶进了凤凰村。当到达凤凰村村部时,两边的路上站满了村民,大家鼓着掌,口中大声地喊道:"欢迎,欢迎,热烈欢迎!"站在办公楼门口的全是乡领导,车子刚停下,陈书记和赖乡长就跑过来给陈局长开车门。

陈局长下车后,看到这么多的人列队欢迎自己,满脸笑容地说道:"你们用这么大的阵仗来欢迎我,是不是搞形式主义啊?我可有点不适应。"

陈星及时在局长面前立正敬了一个礼,笑道:"局长好!我们可把你给盼来了。你要是再不来,詹主任的猪可都要发春了,那可怎么办?"

一番话说得大家都差点笑掉了大牙,猪发春跟陈局长来不来有什么关系?完全是用词不当。

一群人有说有笑地走向猪圈和菜园。

陈星、詹主任和黄站长走在最前面,詹主任把去县城找陈局长的经过简单地说了一遍。

陈星也是性情中人,爽快地对黄站长说:"既然你是詹主任的朋友,以后也就是我们的朋友,还请黄站长多多帮衬。等詹主任把这事解决了,我们几个人好好庆祝一下。"

黄站长连忙握住陈星的手,高兴地说好。

陈星说:"詹顺平你这家伙,去县城也不把我叫上,太不够意思了,吃到甜饼忘记苦头。敢不把我放在眼里,你是吃了豹子胆了。不过念在你把我大伯给请来了的分上,也算有功,我就不跟你计较了。你知道吗?我那大伯什么地方他都愿意去,唯独不来我们乡,原因就是我太调皮,经常惹他生气。他还说要把我调回县城,拴在身边严加管教。我才不去呢。"

詹主任这才知道原来陈星还有这层关系,果然是个妥妥的"官二代"。

也多亏了陈星和陈书记在陈局长面前的铺垫,这才能请得动陈局长来到这里。

不知不觉大家到了水库坝上,陈局长看见眼前绿油油的蔬菜,又到养猪场看到了一头头膘肥体壮的猪,他的脸上一直挂着笑。如果不亲身来考察,还真的不敢相信,这样一个贫困的山村,变化这么大。两年前他也来过一次,那时候心里不是滋味,别的村进步都很大,唯独凤凰村年年老样子。改革开放的春风吹拂着大地,凤凰村非但没富起来,反而越来越穷,老百姓的精神面貌还越来越差。没想到,短短一年多的时间,凤凰村已经可以赶超其他村了。

陈局长深情地说道:"凤凰村如果按照目前的势头发展下去,用不了多久,将会发生翻天覆地的变化。不仅乡里要重视凤凰村的发展,我们县里也要重视,凤凰村的村民能够用自己的双手创造出这样的奇迹,足以证明穷不是不能改变的,只要俯下身子艰苦奋斗,都会过上幸福富裕的日子。我看詹主任还真有一套致富的方法,像这样的村干部就需要大力地培养和宣传。挖掘出更多这样的人才,那么我们改变穷困的面貌就有希望了。"

陈局长立即做了指示:一是蔬菜经销部和畜牧经销部的两位经理立即起草与凤凰村合作的合同;二是建议乡党委要尽快修好凤凰村到乡镇的马路,使凤凰村的产品能够快速地运出去;三是凤凰村要完善养殖和种植的机制,并不断开发出其他资源。

在凤凰村村民的热情挽留下,陈局长一行和乡领导在村里吃了中饭。一碗碗绿油油的蔬菜,令陈局长赞不绝口,吃得非常开心。他有感而发:"能够吃上这么天然的蔬菜,还真是有口福。要不是詹主任全力邀请,我还真错过了机会。就像詹主任所说的,我来凤凰村不会感到遗憾。我下过很多次乡村,这次是我感到最高兴和开心的一次。"

陈星给陈局长倒了茶,笑着说:"局长大人,你以后还要多多支持一下我这位朋友,我就不给你惹事了,改天我回家向你道歉。我在这以茶代酒敬你,祝你工作愉快,天天有好心情。"

陈局长说:"好,好,这茶也香。你啥时候进城,你大娘时常念叨你呢。"

天下没有不散的筵席,陈局长由衷地感叹道:"凤凰村真是一个好山好水、民风淳朴的好地方啊！今后我还会多来这个地方走走,从这个地方多吸收一点大自然的新鲜空气。"

陈局长的车走远了,詹主任的手还在半空中挥舞着。李莉在背后轻轻推了他一把,詹主任才如梦初醒,还有好多事等着他去处理呢。

詹主任仔细地端详着自己的妻子,他在想如果以后有了钱,第一件事就是带李莉去整容,免得李莉总是躲在家中不敢见人。何况妻子对这个家无怨无悔地付出很多,从来没有提过任何一点要求,这样贤惠的女人上哪儿找啊?

詹主任来到办公室,郭主任正在同两个妇女给孩子们洗刷碗筷,办公室已当成教室了。这半年来,全村上不起学的孩子,在老书记李大水的组织下,都来这儿学习。教室还提供免费的午餐以缓解村民的经济压力。

但是,詹主任觉得不能一直这样下去,最好是挣了钱建起新的小学。凤凰村的未来是属于这些孩子的,如果他们不打牢基础,不学点知识,凤凰村只会越变越穷,到时候自己的一番努力不就付诸东流了吗? 所以再穷也不能穷孩子啊!

詹主任手上拿着的合同,好似一张大支票,他恨不得把所有事立刻办好。在陈局长的大力帮助下,凤凰村与县经销部签订了合同,解决了销售的后顾之忧,更主要的是对方还上门取货,解决了去县城送货的不便,节省了送货的成本。

詹主任随便吃了一点晚饭,就早早地躺在床上休息。这几天,他真的很累,精神高度紧张,以至于有点喘不过气来。要是没有黄站长和陈局长出面,也不会这么顺利地解决销路问题。他庆幸大家都愿意帮他的忙,为他出谋划策、解决难题,不然仅仅靠自己一个人,怎么可能做得成事呢?

李莉紧紧地抱着詹主任,危机感朝她袭来。她其实害怕今天这样的场景,害怕出现在众人面前,怕给詹顺平丢脸。

她也时不时地问詹顺平是不是很在意自己的容貌,是不是觉得她配不上他! 詹顺平每次都说不会,还说要带她去城里做整容手术。

听着身旁的这个男人在打呼噜,她看着他,觉得他越来越有魅力了,而自己还在原地踏步,以后他肯定会嫌弃自己的。要是有个孩子,是不是他就不会嫌弃自己呢？她决定去中医那里好好调理一下身子,她只能用孩子来捆住身边的这个男人,也只有孩子才能让自己踏实心安。

李莉的眼泪像条涓涓小溪一样慢慢地往外流淌着,她试图用手去擦干,然而越擦越多。别人的泪也许没有温度,李莉的泪却像沸腾的开水,如雨滴般落在詹顺平的脊背上,一颗又一颗。一滴高过一滴的温度,终于传递到了詹顺平的心中,让他从睡梦中惊醒。

詹顺平转过身,见李莉哭了,很迷茫。难道是自己冷落了妻子,詹顺平感到心慌意乱,轻轻地为李莉擦着眼泪,问道:"你怎么了? 哪里不舒服? 我帮你看看。"

李莉缩着身子,也不知道该如何回答,只是更加用力地抱着詹顺平。

詹顺平也伸出了坚强有力的手,把李莉拥入怀里,深深地吻着李莉,说道:"我这段时间比较忙,冷落你了,真的对不起,让你受苦了。以后如果有时间,我会尽量多陪你。等我们有钱了,第一件事就是带你去整容,你以后就可以不躲在家里了。"

李莉说:"顺平,谢谢你,我一直都在等着这一天。我问你,你是真的爱我吗?"

詹顺平说:"我向天发誓,我是真的爱你。"

李莉轻轻地叹了一口气说:"不,我不要你发誓,只要你有这个心,我就心满意足了。顺平,我们要一个孩子吧。"

詹顺平哪里不知道李莉的心思呢,她的自卑,她的没有安全感,让她时刻活在恐惧之中。说心里话,自己在向领导介绍李莉时也觉得脸上火辣辣的,有点说不出口,可是李莉的温柔和贤惠让詹顺平确实爱上了她,这并不矛盾呀。

詹顺平把李莉抱得更紧了,"我也十分想要孩子啊,有了孩子,家就完整了。莉莉,你为我做了这么多,我也想你能真正地快乐起来。"

李莉像只泥鳅一样钻进了詹顺平的怀里,两人借着暗淡的灯光缠绵在一起,仿佛天地交合,鱼水相逢,两人融为一体,跟随地球运转的轨道运动着。直到凌晨鸡鸣三遍过后,两人才依依不舍,筋疲力尽地合上了眼。

詹主任在办公室里焦急地等待了一个星期,还没有看见县城蔬菜经销部的人来收蔬菜,畜牧经销部的人也没有收猪。190 只猪挤满了猪圈,再不来发猪,猪圈都要挤破了。蔬菜也过了时节,有些菜开始烂了。詹主任急得像热锅上的蚂蚁,难道合同签了不履行吗? 这不是把自己和凤凰村的人给坑了? 这该怎么办?

詹主任在村民的追问下实在没有办法,如果再不想出一条路子,损失可就大了。詹主任跑到乡里求陈星帮忙打探一下消息,要不然他就要去县城问个究竟。陈星也着急,二话没说便拿起电话打给了陈局长。

陈局长不在办公室,是刘秘书接的电话。陈星一听就来气了,劈头盖脸地向刘秘书发了一通牢骚。

詹主任坐在办公室里又等了三天,才等到了农贸局派来的车队,两位经销部经理亲自带队。刘经理握着詹主任的手说道:"詹主任,让你久等了,我们回去就忙着四处找销路,如果找不到稳定的销售网,我们把货取回去也没有用啊! 现在好了,不管你有多少货,我们随时都可以来取,你赶紧组织村民装货吧。"

经过全村三天的努力,猪和蔬菜装了满满 20 辆车。经算账,猪算毛利 20 万元,蔬菜 12 万元,水库的鱼 13 万元,共计 45 万元。詹主任听蒙了,他万万没有想到会有这么多的钱,激动得全身颤抖。

半年时间便有了这么大的收获,如果长期发展下去,用不了几年的时间,全村人民都可以过上富裕的日子了。

刘经理拍拍詹主任的肩说道:"詹主任,祝贺你们挣得了第一桶金。我相信,我们合作共赢,凤凰村还会挣更多的钱。再过 3 个月就是春节了,我建议你组织村民再接再厉,争取再销售一次。依目前的情况完全有可能做到,猪应该没问题,主要是蔬菜,随着天气变凉,要注意做好防寒措施,要不然菜都会冻死,你们的损失就大了。还有,以后水库里的鱼的种类要多一些,特别是草鱼,要打出凤凰村天然的品牌效应,这样才能吸引更多的人来购买。至于钱,我们回到县城后立马打进你们的账户里,钱太多了,我们不方便携带,你也不方便存放。总之,你放一万个心,我们做生意讲究诚信,如果你不相信,24 小时之后就打电话到银行去查询。"

詹主任看着两位经理走远了,心里一半是喜悦,一半是担忧:喜的是凤凰村人民辛勤的付出,总算得到了丰厚的回报;忧的是这么多钱会不会如刘经理所说的那样24小时之后到账。他回到办公室里,抽着烟算着账,总共投资了23万元,还剩下22万元净利润。这些钱都是村民的血汗钱,如果按集资的股份分到村民头上,每人也得不到多少,那么以后再要集资就难了,干脆把这笔钱再投到生产中去,把养猪规模扩大。如果年底再卖出一批猪,大家的分成也会更多一些,能安心地过一个丰盛年,也能号召外出打工的人在家养猪种菜,毕竟谁都不想背井离乡在外打工呢。况且,村里也有了启动资金,到来年开春就可以建新学校和修柏油马路,解决凤凰村最需要解决的现实问题。

詹主任在开会的时候把自己的想法告诉了郭主任和李连长,并着重强调郭主任要做通全村妇女的工作,要全面宣传村里的决定,做好动员工作、解释工作,鼓舞每个村民坚守岗位,等到年底再卖出一批猪和菜的时候,村里会实现当初的承诺,按集资的多少进行分红。出力的村民,村里也将按照市场价给他们发放工资,村里坚决做到让每家每户都享受到凤凰村创业的果实,如果有什么质疑或者意见,可以直接到村部来查账。

郭主任听了詹主任的指示后,每天早、中、晚吃饭的时候就在广播里进行宣传,其余时间则走家串户地了解情况,摸清村民的真实想法,一一做好记录。尤其是对那些老人,郭主任更是关心尊重,对他们嘘寒问暖,不厌其烦地解释。

钱到账后,詹主任把畜牧站和银行的钱还清后,又购买回了20只母猪和30种蔬菜种子,连夜组织村民扩建猪圈、下地种菜。村民们齐心协力把几十亩菜园全部用薄膜盖上,防止菜冻死;把猪排出的粪便全部引进菜园里。

民兵连连长李春金也按照詹主任的意思,到外面买回来了5万多尾鱼苗,哗啦啦地放进了水库中。詹主任把挣到的钱又全部投进了生产中。

当得知詹顺平又开始了新一轮生产时,陈星和谢斌赶忙到村里给詹主任提了个醒。"干吗要买回这么多的母猪啊?要是你事先跟我说了,我会建议你们先买一套可以自己加工饲料的机器回来,这样不仅可以节省一大笔资金,更主要的是凤凰村这么多资源,只要开发到点子上,是很快见成效的,更何况生产饲料也不是什么难事。为什么不能够立足自身的条件,做一些投资小、回报快的工作呢?"

詹主任长分析着谢所长的话,觉得很有道理。自己确实疏忽了,没有及时和朋友们通气,也没有充分酝酿和考虑,自己刚开始怎么没有想到这层呢? 现在想来,自己做事还是很急躁,一点都不够成熟老练,今后做事还真得多听听大家的意见,这样对自己有益。詹主任心里虽然服气,但嘴上不服。自己是村主任,不能总是比他们矮一截,便说道:"这个也在我的考虑之中,只是眼下还是急着到年底给村民们分红,让他们尝到甜头,后面的工作就能更好地开展。"

"这样说也很有道理,凭现在手上的一点钱,要办起一个饲料加工厂还真有些困难。你们什么技术都不懂,就像摸着石头过河一样,盲目地做是有风险的。还是你詹主任考虑周到,那就干脆等到年底把这批猪卖出后,手上的资金多了再做打算。"

詹主任听陈星这么一说,尾巴翘得更高了,继续说:"目前最紧迫的任务就是如何确保这批蔬菜和猪在三个月之后上市。要是抢不到春节这个绝佳时间,那就卖不了好价钱。我已经再三交代李连长和郭主任,务必向全村人说明情况,给村民打打气、鼓鼓劲,这样才能够起到更好的效果。"

傍晚时分,詹主任走在乡间的小路上,看着眼前的景象,由衷地觉得自己了不起。要不是他詹顺平,凤凰村怎么能这么快就有如此大的变化呢? 一阵阵秋风从金灿灿的稻田上吹在他的脸上,他深深地呼吸着,感受着收获的味道。

詹顺平虽然在陈星和谢斌面前振振有词,可心里还是没底,他可不想在陈星和谢斌面前把牛皮吹破了。他决定还是亲自做通村民的思想工作。

第二天,詹顺平一早就到了村委会。看着广场上聚集了不少村民,他走到群众中去,清清喉咙,大声地说:"乡亲们,大家辛苦了! 经过半年的努力,我们付出的辛勤汗水,已经得到了一定的回报,其中的资金去向,郭主任已在广播中给大家做了交代。但是,我们还不能放松,离过年还有三个月,我们要争取赶在年底前再卖出一批猪、一批菜,这样我们全村才算打了一个胜仗,那时候我们才能真正地尝到自己种下的种子结出的果实。我相信在不久的将来,村里的男人们不再需要外出打工就能挣更多的钱;小孩子可以到正规的学校读书;老人能享受晚年的幸福生活。今后,城里人都会跑到凤凰村来打工,那样的日子已离我们不远了,但前提是我们要打好基础,不懈奋斗,才能够实现这一切。大家有没有信心?"

村民们异口同声地答道:"有!"

这一声"有",让詹主任信心百倍。今后不管多苦多累,他都决心要把全村人带出来,走上自力更生的富裕之路。

詹主任每天更忙碌了:白天在村部上班,处理全村的公务;晚上驻守在水库大坝上,时刻了解鱼、猪和蔬菜的情况,时常巡逻到三更半夜,但他还是不敢放心地睡,躺在床上没睡几分钟,又爬起来看一遍。

李莉为了陪丈夫,晚上也跟着詹主任起起睡睡。詹主任有些心疼地说道:"莉莉,以后晚上你就别陪我了,再这样下去你的身体会吃不消的。听话,回家去睡吧!"

李莉并不想回去,她宁愿跟着丈夫吃苦,也不能看着丈夫一个人待在水库大坝上。长夜漫漫,两个人在一起,总还可以说说话,不会那么寂寞。

李莉兴奋地回答:"除非你也回去,要不然你到哪儿,我就跟着去哪儿,我总不能扔下自己的丈夫不管吧?何况和你在一起,享受着二人世界,我感到非常开心。"

詹主任摇摇头,轻声叹息道:"我回去又不放心这里。你知道吗?全村的人都在等钱过年。如果猪不能按期上市,我哪儿有钱给村里人啊!再说,明年开春就要建学校和修马路,这都需要钱,我总不能做一个不讲信用的人吧?你也不希望自己的丈夫是这种人,对吧?不然我就算回去了,晚上睡觉也睡不踏实。"

李莉和丈夫坐在水库大坝上,依偎在暗淡的月光中。李莉的头靠在詹主任的肩膀上,温柔地说:"顺平,我能理解你,只可惜我帮不上你什么忙。爸爸现在老了,我唯一能做的就是默默地支持你,生活中不给你添麻烦,工作中不给你拖后腿,好好地做你的贤内助。"

詹主任平静地说:"我当初鼓足勇气向你提亲是正确的。我是真心爱你的,但有时候也会很内疚。你为我付出了这么多,我却不能够报答,给不了你更多的幸福,我每天都在想怎样才能让你生活得幸福。然而我一旦工作起来,就把什么都忘记了。我这人真是太自私了,从来没有顾及你的感受,尤其是对爸爸的关爱也少了,很长时间没有跟他交流过。等这阵子忙过去后,我要带你和爸爸去外面走一走,同时把你的脸治好。"

李莉听了很感动,眼里闪着泪花。丈夫说的每一句话她都仔细地回味着。她想自己已经很熟悉和了解丈夫了,可她又觉得眼前的男人是那么的陌生,感觉现在的丈夫城府很深,不再是那个愣头青了。她认为人的一生之中有许多的东西都在不断变化,何况是一个有追求、有抱负的人。她想自己也要多学习、多进步,这样才能做好他的贤内助。

李莉用手摸着詹主任的胸脯说:"我一生一世都不会后悔,我祈求下辈子还能够做你的妻子,不过但愿下辈子我不会是个脸上有伤疤的女人。要是有一天,你做错了什么事,只要你心中还有我,不管天大的事,我也会原谅你,因为你是我的丈夫,我不允许任何人伤害你。假如有一天,我从这个世界上消失了,我的灵魂也会在天上为你祝福,为你祈祷。"

詹主任抱着妻子,深情地吻着。尽管李莉一身的伤痕,但这些伤痕都是为凤凰村人民而烙的印记。在詹主任的心里,李莉比世界上任何女人都漂亮。刚结婚的时候,他心里是有一点别扭,但时间一长,他真正体会到妻子的温柔和善解人意。有这样的妻子,夫复何求?

天蒙蒙亮,民兵连连长李春金就找到詹主任,说乡里要他汇报农产品的情况。听说陈书记和赖乡长很重视,要是猪在年前如期上市,凤凰村就成为建乡以来自主创业脱贫的第一个村庄,同时可评选上"先进创业村"。

詹主任来到乡政府时,陈书记和赖乡长正站在楼前说话。

赖乡长握着詹主任的手说:"詹顺平同志,凤凰村在你的带领下,发生了翻天覆地的变化,的确令人欣慰。你所做的工作,我们非常肯定,并把你的事迹材料印发成文件传达给每个村,让他们学习你们的宝贵经验。"

这天,乡里召开了一个点对点的小型会议。

赖乡长说:"今天召集大家来,是听詹主任对凤凰村自力更生走致富道路的汇报,尤其是对春节前是否还可以上市一批农产品进行详细的介绍。这关系到本乡的荣誉,同时也可以更好地评估凤凰村的努力成果,希望在座的每一位同志都要认真听,之后提出一些好的建议。如果詹主任的汇报符合其他村的发展,那么各村村主任回去后都要借此经验,大力地利用本村资源,开发出适合村民致富的项目,使全乡人民都能过上小康生活。我建议以后要实行村村联网、资源共享,从而真正达到全乡发展的目的,成为全县、全省甚至全国的示范排头乡。"

詹主任站起来,扫视了一下会场说:"凤凰村经过一年的自力更生,已经摸索到了一点创业致富的门道,取得了初步的成效。我们上个月上市了一批村民自产的蔬菜,也出栏了一批生猪,产值达到了45万元,扣去成本和贷款,净利润25万元。这是村民用自己的双手创造出来的财富,用自己的汗水换回的果实,用自己的智慧开拓出来的致富路。虽然我们取得了第一步的丰收,但要彻底地铲除凤凰村的穷骨子,还有很长的路要走。因此,在目前的阶段,我们凤凰村将全力抓经济建设,立足自身力量,开发出凤凰村的生态和养殖、种植资源,同时一边实施基础建设,发动村民人人自主创业,人人学到一门技术,减少劳动力的流失。"

"我们凤凰村在家的人大部分是妇女,男人基本上外出打工去了,今年过年的时候,我们想把男人留在家创业,同时也会制定一些相应的措施,来吸引凤凰村劳动力回乡,使村里明年的发展步伐加快。至于年底凤凰村的农产品能不能如期上市的问题,我还是非常有信心地告诉大家,能,一定能!从目前的长势看,各种农产品都很正常。上个月实挣的钱,我们全部又投进了生产中,增加了20头母猪和30种蔬菜品种,以及5万多尾鱼苗,当前有小肉猪500头、蔬菜80个品种。现在离春节还有三个月的时间,只要按照我们半年来的经验和计划,农产品一定可以如期上市。"

"尤其是蔬菜,我们按照农贸局经销部刘经理的建议,已做好了防寒措施。目前凤凰村最大的问题还是公路和用电的问题,现在都是村民靠手工,这样做任何事的速度都比较慢,造成劳动力浪费,效果不明显。因为没修路,造成了凤凰村的资源无法及时运往外界,信息闭塞,消息不够灵通,错过了很多致富的机会。我的汇报完毕,敬请领导批评指正。"

陈书记很高兴地说:"刚才詹主任汇报了凤凰村的工作并提出了一些建议,我觉得还不错。凤凰村的进步是大家有目共睹的,成绩喜人,下一步的发展形势也很好,詹主任是一个优秀的党员干部,如果我们人人都有詹主任这样的干劲,我们怎么会富裕不起来?我们的干部队伍里还是存在一些不思进取的同志,在其位不谋其政,不能够真正为村民着想。像这类同志,我觉得下一步要重点调整,不合格的干部要撤下来,让有能力、有干劲的同志上,不能老停留在过去照顾有功臣的同志,或者扯不下脸皮、不愿得罪人的形式上,这样只会害了农民,也会害了自己。"

"各位村主任回去后要好好地反思一下自己是不是一名合格的村主任,下一步该怎么做。明年初,我将带工作组到各个村去考察,把这项工作落实好。至于詹主任的建议,我认为符合实际,是到了解决的时候了。不过乡财政非常困难,我们可以向上级申请一些拨款,但主要还是得凤凰村自己解决!村支部书记还是先由詹主任代理,到时杨副乡长挂职到凤凰村去指导协助工作。昨天县里通知,年底将评选出'十大优秀村主任'以及'自主创业先进村',这是一次全县的评选,我希望本乡能够涌现出更多的人才,获得这项荣誉。"

散会后,詹主任被财政所所长谢斌拉住了。谢所长用一种非常愤怒的眼神看着詹主任,就是不说一句话。詹主任心里发毛,自己好像没有得罪这位财神爷啊,今天谢所长是不是中邪了?

过了五六分钟,詹主任顶不住这刺一样的眼神,只好说:"你别用这种不友善的眼神盯着我好不好?我好像没得罪你吧?你有什么话就快说,不然我可就走了。"

詹主任转身向外走,边走边哼着歌:"你就像那一把火,熊熊火光,照亮了我……"

谢所长气得两眼冒烟,大声骂道:"你这个没良心的,过河拆桥!你不想想是谁帮你起步的?现在你的口袋里有了几个钱,就把老子忘了。"

詹主任知道玩笑开过火了,立即刹住往前走的步伐,改为往后退,退到谢所长的跟前才停下来,笑眯眯地对谢所长左瞧瞧右瞧瞧后说:"你肚量怎么变小了呢?开个玩笑就翻脸。"

詹主任知道,这是谢所长在提醒他要及时还贷款。

回到村里,詹主任立即组织召开全村党员大会。在会上,他着重传达了陈书记的指示精神,一定要在年底把这批农产品卖出去,这将关系到评选

"自主创业先进村"的称号。如果今年凤凰村能够夺下这项殊荣,对于凤凰村而言不仅是荣耀,更主要的是从今往后,凤凰村的乡亲敢于站起来挺着胸说话:"我是凤凰村人,我为自己是凤凰村人感到自豪。"

"因此我希望在座的党员同志,要走在普通群众的前列,做好表率。一名党员就是一面旗帜,如果在关键时刻党员不站出来,那么这面旗帜也就无法在空中高高飘扬,所以党员同志要紧密团结起来,全面实现凤凰村走得稳、行得快,成果好、后劲足的跨越式发展致富路,必须坚持在农产区劳作,带动群众做好一切工作。"

离过年越来越近了,外出打工的人陆陆续续回到了村里。詹主任挺高兴,这些人回到家在妻子的宣传和带动下,都积极地参加农业生产,凤凰村一向紧张的劳动力得到了缓解。

詹主任和两位村干部商量,争取把全村的男人都留下来。如果全村乡亲都在一起不分散,那么凤凰村的发展步伐将会以更快的速度增长。

李连长思考了一会儿说:"我当了十多年民兵连连长,一直只是想搞好村里的治安,对如何搞经济,有时我也想过,但始终想不出一个路子来。詹主任上任才一年时间,就把凤凰村多年的穷帽子摘了,的确是后生可畏。至于明年怎么干、干什么,我认为应该在现在的农产品上再扩大规模,如果行不通,我们可以立即撤出来。要是盲目地开发其他项目,我想有很大的难度和风险。"

郭蓉姣也说:"李连长刚才说得很有道理,这样至少可以保证我们村的经济安全稳定发展。但我也有些个人的想法,如果这批农产品能够顺利上市,我想等开春就立即创办学校和修马路,把这些项目承包到人。马路修好后,我们可以大力宣传,招揽工程,或者引进外部有实力的人来村里投资,这样村里活就多了。有钱挣了,村民也就不会外出打工,都会留在家中发展。不但可以挣到钱,还可以和家人时刻团聚在一起,这样一举多得的事,是村民们最愿意接受的。我们作为村里的带头人,必须保证村民人人有活干,要不然到时会产生很多不安全因素,这是我们不愿意看到的局面。"

詹主任取出烟盒,打开一看,里面空荡荡的,无奈地摇摇头。一天时间还没到,他已经抽完两包烟了。

李连长及时掏出烟丝说道:"詹主任,我这种自己加工的烟丝你抽一下吧,虽然不是很好,但味很浓,抽起来过瘾。"

郭主任温馨地提醒道:"詹主任,你还是少抽一点烟,身体要紧。有人说借酒消愁愁更愁,我认为借烟消烦烦更烦。做任何事,我们只要努力了就问心无愧,凤凰村的大家也会理解我们的。"

詹主任抽着烟丝,眼泪都快熏出来了,呛得拼命地咳嗽,但抽过之后,有一种甜甜的味道,让人更有精神。詹主任突然萌生出一个奇怪的想法:在凤凰村种这种烟叶。其他乡都种了好几年,经济效益非常好,如果凤凰村也种,就可以增加村民一定的收入。

詹主任做了两个伸懒腰的动作后说:"刚抽了这烟丝,我突然有了一种想法,我们也要种烟叶,有的地方种得很好,而我们村却没有人种,都怕烟叶种不成功,粮食又没种,误了两头。"詹主任望了望两人,接着说:"明年我们村试种一年烟叶,有钱挣就算村民的,如果亏损了就由村里扛下来,这样我们就多了一条致富的路。村民的生活水平提高了,我们这些做村干部的也就轻松了。"

李莉做了一顿丰盛的晚餐,等着詹主任回家。然而詹主任迟迟未归,李莉有点心急,不知该不该去村部找他。她心里很矛盾,去村部又怕丈夫不高兴。李莉叫父亲先吃,自己坐在门口焦急不安地等。

李大水看看自己的女儿,叹着气说:"女人有丈夫就变了,以前父亲在外的时候,你从来都没有这样关心过,可现在跟丢了魂似的。顺平又不是小孩子,应该还在村部开会,等一会儿就回来了,你坐在门口会着凉的,还是回屋里来等吧。"

月亮已经爬上了树梢,蟋蟀也唱歌,阵阵刺骨的寒风刮起了李莉头上的围巾,在她的脸上反复抚摸。她用手摸摸自己的脸,感觉冰凉中有了一些湿意,揉揉眼睛,远方的路口还是空荡荡的。她转头看见父亲坐在餐桌边并没有动筷子。不知道今天是怎么了,以前吃饭的时候,丈夫都会准时回来,晚了也会捎个信回家,可今天出去一整天连个音信也没有。

她决定到村部去找詹顺平。

可当她站起身的时候,路口出现了一个人影,正向这边走来。她仔细地瞧着,借着月光的映照,终于看清了那张模糊而又熟悉的脸,此刻她紧张的心情得到了放松。当见到丈夫一身的泥巴时,她心疼得像刀在割。

她拉着丈夫的手问:"你去哪儿了?怎么弄得全身都是泥巴?饭在桌上,爸等你吃饭,你赶快去洗洗手。"李莉总是用温柔的语气和丈夫说话,她觉得家就是丈夫这艘船停靠的港湾。

詹主任揉着妻子的手说道:"莉莉,对不起,让你们久等了,今天的会开得比较晚,商量了明年的工作。后来我又到水库上去看了一下,今天不知是谁守夜,人影都没见到,猪圈的栏门被猪拱开了,跑出来60多只猪,有的猪跑进了菜园里,有的猪跑到水库边。要是没及时发现,那后果不堪设想,我们的损失会很大,那将是无法弥补的过错。我们全村人辛辛苦苦一年的付出,将在最后时刻毁于一旦。我立马召集了几个人处理好了,而且又不宜声张,免得村民人心惶惶,所以耽误了不少时间。这件事情我还得查清楚,到底是人为的,还是其他原因,该处理的人一定要处理,决不心慈手软!"詹顺平很生气地自顾自说着,晚一点自己还是要亲自去值班,不能出任何意外。他转头看到桌上的饭菜,再看看老丈人和李莉,难道今天是什么特殊日子吗?

他脱下沾满泥巴的外套,去院子里的水池边洗了手和脸,快速地想了一遍:今天不是李书记和李莉的生日啊,也不是过年过节啊!他又不敢追问李莉。

李莉去厨房把菜重新热了一遍,当詹主任坐上桌时,李大水打开酒瓶盖子,感叹地说道:"男人三十而立,人生事业才刚起步。顺平啊,你有这样的工作能力,我非常开心。把凤凰村交给你,是我当书记20年来最明智的选择,也是唯一做的对凤凰村有贡献的事。不过你再忙也总不能把自己忘记了,你的心时刻想着村民是好事,我以为凤凰村下一步要走的路就是全面开发。我们村民虽然穷,可是山上资源很丰富,我在位的时候一心想做这件事,但由于缺少资金,没有人支持,也是心有余而力不足啊!顺平啊,你就不一样了,年底这批农产品上市,村里就有了很多钱,完全可以搞基础性开发。用不了几年时间,你的理想就可以实现,全村都会过上好日子。"

李莉拿着几根蜡烛,插在了自己用米粉做的蛋糕上,放在了餐桌中间,问丈夫:"现在你应该知道是什么日子了吧?"

詹主任还是摸摸头,再次确定了今天不是老书记、李莉的生日后,只好老老实实地回答:"我真的不知道。"

李莉用手指头轻轻戳了一下丈夫的额头说道:"你啊你,刚才爸说你忙得连自己都忘记了,现在我真相信这句话,你的脑袋里就是没有自己的存在,连自己的生日都不知道,过些天你怕不是忘记了自己的老婆是谁吧?"

詹主任这时才突然大笑起来,说道:"对,今天是我的生日,我真的忘记了,谢谢爸爸和莉莉的提醒,以后我不会忘记自己的生日。"

三人都笑了起来,气氛非常温馨。

李莉宣布:"生日晚宴现在开始,首先由寿星詹顺平许愿,并吹蜡烛。"

詹顺平惊讶地说:"莉莉,你怎么把城里人过生日的那一套学来了?我们农村人不作兴这个。"

李莉笑着说:"我们也要学学城里人的生活方式,不然等今后我们富起来了,过上了城里人的生活,却不知道怎么浪漫潇洒。"

詹顺平其实内心很焦急,哪有啥闲工夫来搞这些洋玩意儿,奈何李莉和老书记兴致这么高,总不能扫他们的兴吧,便只好附和着妻子好好地享受着这份爱。

他满嘴一个劲地夸自己的妻子浪漫、懂情调,自己30多年从没过过生日,这冷不丁地过一次生日,过得还这么隆重。

李大水看着女儿李莉被詹顺平夸得像一朵开得正艳的花,正咧着嘴咯咯地笑着呢。他大拇指和食指轻轻捏着酒杯,想喝酒又在耐心地等待女儿发话。他的内心很知足,女儿女婿相敬如宾,恩恩爱爱,为这个一直缺少母爱的家庭带来了浓浓的幸福,让他有了精神慰藉。如今人老了,还能求个啥呢?干了20多年的村支书,什么事都没有干成,留下了许多的遗憾和不甘,倒是刚接手的女婿干得热火朝天,把老丈人想做却没有做的事情都做了,把老丈人树立了几十年都没能树立起来的威望给树起来了,把穷了一辈子又一辈子的凤凰村带富起来了。这样的好女婿,真让他高兴啊!女婿不但不嫌弃女儿丑,还把女儿当成了一个宝,有这样的好女婿,他还图个什么呢?什么都不图了,就安度晚年吧,默默地站在女婿的背后,支持他,鼓励他,每天笑着迎接女婿回家就行!

李莉催促丈夫说:"顺平,许个愿吧,会心想事成的。"

詹顺平听了妻子的话,双手合十靠在胸前,说道:"我要让凤凰村变成一只美丽的金凤凰! 我要让我的妻子莉莉漂亮美丽! 我要祝老书记长命百岁!"

詹顺平许完愿,李莉对他说:"许愿是在心里默默说的,你怎么说出来了?"

詹顺平摸了摸头回答:"让大家都知道我许了好愿,今后可以兑现。"

这样的许愿李莉当然高兴,李大水也高兴,难得女婿今晚说了一箩筐的好话。

李莉催促着:"顺平,快吹蜡烛!"

于是,詹顺平一口气把蜡烛全吹灭了。

李莉把三人的杯子都倒上了米酒。詹主任先敬了李大水一杯,祝老书记身体健康,同时也诚挚地感谢他对自己一路上的扶持。然后他又敬了李莉一杯,祝妻子生活愉快,天天都有好心情。

吃饭时,詹顺平把明年的计划和设想向老丈人做了汇报。李大水也给了女婿一些好的建议,毕竟他是过来人,见过的世面多。

原来的凤凰村,夜里总有一些小偷撬门,现在民兵连连长李春金加大了治安管理,不再有这种现象发生了。只是水库那里没人值班,詹顺平还是把这个紧急情况告诉了李连长。

李书记自然是支持詹顺平的工作的,全家人都是以他的工作为先,李莉看着丈夫喝了几杯就不放心地跟着丈夫去了水库。两人借着微弱的月光,踏着欢快的步伐向水库走去。半路上一阵风吹来,呛进了詹主任的咽喉里,他打着喷嚏,一不小心将吃下的东西全都吐出来了,弄得李莉全身都脏了。

李莉并没有怪丈夫,而是轻轻地在丈夫的背上拍着,好让丈夫不会闷得慌,能够更舒服一点。詹主任吐过后,人似乎清醒了不少,从口袋中摸出了一盒烟点上,并对妻子表示歉意。詹顺平让李莉回家换衣服。

李莉说道:"以后少喝一点。因为是你的生日,我也喝了几杯,只要你不嫌弃我满身的味道就行,今晚我想陪着你。"

詹主任向远方望去,星星点点的波光像萤火虫一样在水库边跳舞,此时他的醉意全被惊醒了,他拉着李莉往水库走去。

当他们跑到水库大坝上时,整个人都傻眼了。水库的泄洪口莫名其妙地被人挖开了一个很大的口子,水猛烈地冲向下方的养猪场里,连下游的菜园也被水淹没了,逃出来的猪四处躲闪,踩踏着菜园子。此时詹主任真希望自己有无穷的魔法,可以把这些水吸回去,让猪回到猪圈里,可现在他真没有这个能力。"我的天啊!"詹主任喊叫着,一屁股瘫坐在了泥地上。

李莉吓得全身发抖,20年前的那一幕又浮现在眼前,她太怕了,自己要不是因为那场洪水也不会毁容,母亲也不会去世。恐惧过后的李莉迅速冷静下来,她拉起瘫坐在身旁的詹顺平,让他赶紧喊人。"快想办法堵住缺口,农产品损失是小事,不堵住缺口,村庄都会淹了。"

詹主任招呼了李连长还有几个壮汉过来,跑到水库的泄洪口处,只见挡水的铁板无影无踪。此时他真的怕了,再想不出办法,整个库坝都将会被冲垮,下游的凤凰村可是有几千人呀。

詹主任意识到事态的严重性。特事特办,他安排李莉抓紧时间去广播站发出紧急通知,让村民带上农具,只要能干活的劳动力,管他男女,全来水库堵缺口。"快去,快去啊!"詹顺平的心都要跳到嗓子眼了,李莉也是一股脑地往村委会冲。她本就喝了酒,腿脚有点不听使唤,在垄坝上摔了好几跤。

詹顺平想拿做猪圈的一扇竹排去挡住缺口。可是水势冲击力太大,竹排没几分钟就被冲开了。詹主任的嗓子都快喊哑了:"快来人呀,快来堵缺口啊!"

回答他的却是水往下泄的奔腾的咆哮声。

詹主任不再犹豫,拿起另一块竹排横挡在缺口的两端,用自己的身子抵着竹排。几个壮汉见状,也急忙冲下水去一起抵着竹排。没一会儿,里里外外,一拨接一拨人用身体抵着竹排。李大水在旁指挥着,他在抗洪抢险上是非常有经验的,也多亏了他,才避免遭受更大的损失。

这个晚上,整个凤凰村都是在惊险害怕中度过的,不仅惊动了周边的好几个村子,连乡里的书记和乡长都来了。这个特大事故可不是闹着玩的,关乎着几千人的生命财产安全啊!

5

发生了这么大的事故,詹顺平作为村主任难辞其咎。一份份红头文件摆在詹顺平的桌子上,整个村委会笼罩在压抑低沉的气氛里。大家都知道,这肯定是人为的。李连长气得拍了桌子:"必须报案,抓住元凶,给上级一个交代,也给村民们一个交代。"

看詹顺平没反应,李连长还继续嚷着。他实在搞不懂,这还有什么可犹豫的。要是按照他的性格,恨不得直接找出元凶拉出去毙了。

詹主任终于说话了:"一定要调查清楚,这次不仅是凤凰村的损失,更是全乡人民的损失。如果是人为的,不管是谁,都要把他绳之以法,坚决铲除这样的败类。而且我肯定,绝对是人为的。"

全村的人用最快的速度清理被水淹没的地方。

詹顺平瘫坐在办公桌前,看着满桌子的红头文件,痛心极了。他甚至责怪自己为啥非要过什么生日,要是自己及时赶过去,什么事情都不会发生。他一定要查清楚事故的原因,只是需要偷偷地查,不宜声张,不然会出更大的乱子。

凤凰村的人虽然议论纷纷,但大家都有集体主义精神,都顾不上休息,抓紧清理、加固猪圈。至于蔬菜种植大棚,大家也都在极力地把积水排出去,重新种上生长期短的蔬菜,争取春节到来的时候,大家能够吃上新鲜的蔬菜。

村民用了 5 天时间才把淤泥清理干净。500 多头猪,跑掉了 100 多头,可能是钻进了山里,得慢慢找寻回来。蔬菜大棚损失较大,黄泥浊水把绿油油的大棚蔬菜都淹没了,就算清洗干净,也只能给猪吃。有的连猪都不能吃,只能铲掉重新再种上。

这次凤凰村的损失是巨大的,损失的不仅是钱财,而且是村民们的信心啊!每一个村民都担心自己投资的钱收不回来,本来就穷的他们,怕穷上加

▼
凤
凰
村

穷,翻身过好日子的梦想永远不能实现。大家像打了霜的茄子,都蔫了。也有人在背后议论,真不该听詹主任的,上次就应该直接领了分红。

事故调查的结果出来了,让所有人都没想到,也让詹顺平犯了难。

那晚在水库大坝上值班的人是村民熊德礼。他是村里出了名的大酒鬼,见了酒比见了女人还高兴。这天轮到他在水库大坝上值夜班,看护水库下面的养猪场和蔬菜基地,领取晚班补贴。他很乐意值这样的夜班,不用干活还有钱领,反正在农村,夜晚就是用来睡觉的,他想着在哪睡不是睡,何况他胆子大,不怕妖魔鬼怪,更不怕虎豹豺狼,在野外睡觉还觉得很有意思呢!因为他老婆一天到晚爱唠叨,他听得烦,在水库大坝上睡觉正好图个清静,只是村里明文规定,严禁值班时喝酒,这让他心里很不爽,觉得是故意针对他。可值班补贴也足够吸引人,他安慰自己,大不了挣了钱好好喝一顿。

在大坝吊楼里值班的熊德礼,看着天上的寒星,身体感觉很冷,就缩在角落里想睡觉,睡一觉,天一亮,钱就来了。

要是如往常一般,也就没事了。迷迷糊糊缩在角落里睡觉时,熊德礼听到了棚外的男女说话的声音,主要是听到了自己的名字,这才充满好奇心起身去探个究竟。

熊德礼是一位45岁的村民,上有一位80多岁的老娘,下有两个孩子。他妻子生孩子后得了哮喘病,没钱治疗,走几步路就喘不上气,成了半个废人,只能在家操持点家务,不能下田干农活。两个孩子一男一女,女儿18岁时跟着一个货郎跑了,儿子初中没毕业就到外面流浪去了,七八年没有音信,不知是生是死。他家的生活过得很困难。偏偏熊德礼是个好吃懒做的人,家里的农田宁愿荒废也不去管;而守水库呢,不用干活还能领到现钱,当然愿意干了。所以他天天去村委会找李连长,装作一副没钱吃饭的可怜样子想来挣点现钱。其实谁都知道,熊德礼拿了钱第一件事就是去买酒喝,哪里还管年迈的母亲和病恹恹的妻子。

熊德礼打着手电筒,照对面来的人。

"熊叔,我是王强啊!"

"噢,是王强侄子啊。"他放下手电筒,见王强身边还有两个人,一男一女。熊德礼很纳闷:王强平时在村里头都是昂着头走路的,什么时候会喊我叔啊,真是太阳从西边出来了。

"你不是去外地打工挣钱了吗? 什么时候回来的? 这么晚了你不在家中睡觉,跑这里来干什么呢?"

"熊叔,我是今天下午回来的,听说你晚上守水库,我就特意买了一些酒和菜,想陪你解解闷。我还带来了几包中华牌的香烟。"

熊德礼听到有烟酒,高兴得忘乎所以,忙把王强迎进吊楼里。跟王强一起来的,男的叫李克,女的叫杜娟。李克和王强一起外出打工,两人结拜成铁哥们。杜娟是王强的女朋友,是杜家组的人,长得眉清目秀,有几分姿色,也算是杜家组的组花了。她十三四岁便辍学在家。她可不像村子普通人家的女孩,辍学了就要帮家里干活挣钱;杜娟呢,从小就有明星梦,觉得自己长得漂亮就该去当明星。她被村霸王强盯上了,在某个山沟沟里被王强占了身子。当然,王强敢这么做,一是自己有来头;二是因为杜娟也不是什么良家妇女。杜娟就这样半推半就,成了王强的女人。

王强的姐夫是县城建局的副局长,家中很有势力,称霸一方。前些年,谁敢得罪王强啊,正经人家的女孩远远看见他就得躲起来。上学时看谁不服气,他就会带着小喽啰守在村口,把人暴打一顿。即使被打的人父母知道了,也不敢去找他说理,只会叫孩子以后躲着他走。村里的人都怕他,他觉得自己了不起,更耀武扬威了。

王强读到初一,觉得读书没意思便没读了,天天在街上混,成了混世魔王。姐夫托关系把他送去海州一个老板的公司里上班,本来是很好的差事,没承想他竟调戏老板的秘书,被下放到工厂了。

在工厂里,看着成批的钢铁,王强便动了歪心思。他把李克和杜娟忽悠过去,杜娟本就是他的女人,自然愿意去大城市。

三人合计着偷工厂里的钢铁,一人负责盯梢,一人负责开车,一人负责搬运。刚开始三人还比较收敛,偷一小货车,一车卖三四千元,也够他们挥霍一阵子了;十天半个月偷一次,也不容易被发现。

有了钱后去酒吧喝酒,自然是他们常做的事,去多了自然引起了酒吧老板的注意。老板和他们称兄道弟地喝了起来,喝着喝着就喝出"感情"来了,把他们带进了赌场。

几年来,王强在村里横行霸道,但因有老书记李大水在,他还是有点畏惧。这位老书记在位20多年,全村的人都拥护他,主要是自己的姐夫多次提醒王强,不管做什么事情,李大水的面子还是要给的,所以王强只好强忍着。他想把控凤凰村,想当这个村的村主任不是一天两天了。李大水在位时就恨得牙痒痒,巴不得老书记早点死,可偏偏去海州前李大水一直健康地活着。

听姐夫说李大水要退下来,王强的心里乐开了花,这个凤凰村他终于可以掌控了,他直接跟姐夫说他要当村主任。抵不住王强姐姐的枕边风,姐夫承诺给王强弄到手。正当他满怀信心想坐上村主任"宝座"的时候,不料半路杀出一个詹顺平,自己想反击的时候已经来不及了,木已成舟。王强气炸了,这辈子还没受过这等冤枉气,他决定报仇。

回村的第一天,姐夫便再三嘱咐他:"詹顺平现在是全县的名人,如果你乱来,就算姐夫有天大的本事也救不了你。留得青山在,不怕没柴烧,你就先忍着吧,以后的机会多着呢,不必急于一时。"

这口恶气要是不发泄出去,王强怎么睡得着。

每每村里议论詹顺平的功绩时,他心里的怒火便又高了一丈。在他眼里,詹顺平就是一副假把式。

他把李克叫来合计怎么谋害詹顺平,最好是搞得他能吃几年牢饭就好,这样凤凰村就是他们的了。

他们刚开始想找詹顺平的贪污证据,这是最简单有效的。王强还在县城找了个专业会计半夜摸进了村委会查账,可账目清晰。王强直接骂了会计一顿,一分钱也没给他:"什么混账会计,给老子滚远点。"

他们在村里瞎晃时,盯上了水库。杀人放火不行,放水总行吧。于是,三人打算夜里找个合适的机会,把水库的堤挖了。

王强、李克和杜娟之所以恨詹顺平,是因为他们把在海州过着东躲西藏的日子的账算在了詹顺平的头上。要不是詹顺平抢了村主任,王强至于在海州漂着吗?

在赌场里,3000元就跟30张纸一样,轻飘飘的,在那转盘里还没3分钟就没了。酒吧老板自然是说:"老弟啊,手气还没来呢,再摸几把。"酒吧老板知道王强囊中羞涩,便拿出1万元的钞票往桌子上一丢,王强十分感动。

就这样,还没半个小时,王强已经从酒吧老板处拿了6万。杜娟见王强越陷越深,拽着王强叫他收手。

进去容易出来难,酒吧老板立马态度180度转变,十几个一米八的大高个齐刷刷地往三人面前一站,逼着王强在欠条上签字。

为了还钱,只能偷更多的钢铁卖。他们这次找来一辆大货车,心想干完这一票就收手了。本来作了好几次案,厂长早有察觉,正等着瓮中捉鳖呢。这送上门的三个人直接被保安带进了地下室,旁边有两只饥肠辘辘的狼狗正龇牙咧嘴地朝他们吼。

三人吓尿了。他们求爷爷告奶奶,说一切都好商量,千万别把狼狗放出来。

后来在王强姐夫的协调下,赔了工厂5万元才解决了此事。

东墙补好了还有西墙要补。王强不敢将欠了赌债的事告诉姐夫。王强催着姐夫回家,声称自己一定改邪归正,好好混出点人样再回家。王强的承诺让姐夫信以为真,没让王强同他一起回家。

王强等三人过着东躲西藏的日子,他们必须弄到6万元本金和4万元利息还给酒吧老板。王强只恨自己当初在酒吧与老板聊天时,把老家的地址和祖宗十八代都吹牛皮般吹了出去,现在赖也赖不掉。王强想到这些,真恨死了詹顺平,好像是詹顺平叫他去赌去偷一样。

钱不会自动来,那只剩下一个办法了,那就是去偷去抢。王强的精力都用在了干这些事情上。他甚至觉得自己就是运气背了点,像他脑子这么好使的人应该发大财。

王强知道,海州有钱的老板多,土豪老板更多,他们之前就色眯眯地盯着杜娟看,还死皮赖脸地搭讪。只要杜娟故意勾引一下这些土豪老板,弄10万元钱可太容易了。

杜娟穿着黑色性感吊带裙,一条深深的乳沟在裙子里若隐若现。她还故意把裙子扯破,露出大腿根,在KTV门口蹲着,装作像是被哪个浑蛋刚欺负后的样子,楚楚可怜惹人疼,等"大鱼"上钩。

果然,王老板就成为他们第一个"猎物"。王老板一见杜娟就挪不开眼:"美人儿,你怎么一个人在这啊?看得王哥好心疼啊……"

杜娟带着哭腔上了王哥的车,王强和李克紧随其后。到了酒店,杜娟一杯接着一杯地灌王老板,后者没一会儿就醉倒了。王强和李克便赶来了,把王老板从上到下都搜了一遍,大概有3万现金,还有2个金戒指。三人会意地笑了,收获不少,赶紧溜。溜之前,王强狠狠踢上一脚:"敢对老子的女人起色心。"

尝到了甜头,他们继续干第二票、第三票……反正灯红酒绿的场所那么多。但是,抢的不够输的,王强每次想着挣到100万就收手,可总输得精光,想扳本却欠得更多,欠的钱像滚雪球一样越滚越大。

王强为了弄更多的钱,抢了人的钱还要把人捆起来敲诈。按照同样的套路"搜刮"一个老板后,发现老板身上只有1万多的现金,这远远不够还赌债。三人便把这个老板拉到一个偏僻的建筑工地上捆好,拿着他的大哥大向他的家人进行敲诈,要家人送100万现金来,敢报警就撕票。

等了半天迟迟不见有人送钱来,电话继续打过去却无人接听。没一会儿,警车的警报在周围拉响了。王强知道自己惹上大事了,赶紧连夜逃回凤凰村。他们在家里躲了半个月不敢出门,见村里一如既往的平静,才放下戒心,没多久又在街上晃荡了。

李克说:"再过三天就是我表叔熊德礼守库,他好吃懒做爱喝酒,我们就在他守夜的那晚下手。明天去县城咱姐那弄点烟酒和一些吃的东西回来,那酒鬼,只要给酒喝,什么都好说。到时候我们使个激将法,能让他自己动手就把坝挖了,根本不需要我们动手。何况,我们手上还有杜娟这张王牌呢!"

"滚犊子,你嫂子的主意你也敢打?"王强瞪着李克。

当晚的确是熊德礼守夜,李克先去水库探了探底。
王强眼睛一亮,厉声说道:"一定要确保万无一失,按原计划行动。"
三人来到了水库堤坝上,很顺利地和熊德礼坐进了吊楼里。

王强把三瓶谷烧糯米酒和一些牛肉干、花生米、小鱼干和饼干往桌子上一摆。熊德礼的心里乐开了花，真是天上掉下来的免费夜宵啊！王强把酒瓶打开，给熊德礼倒上了一杯酒，说："熊叔，我小的时候你特别照顾我，经常帮助我，教了我很多做人做事的道理。以前我不怎么懂事，并不知道你对我的付出，也有很多冒犯你的地方。经过一年在外的打拼，我才慢慢地体会到了你对我有多么的好，所以一回来，特地从我姐夫那拿来两瓶酒孝敬你。你看看，你是多么的伟大，为我们凤凰村干了多少好事，这大晚上的还来替詹顺平值班，他自己在家里吃好的、睡好的，我真是敬佩你啊！喝酒喝酒，把这杯干了。"

王强拿出一包中华牌香烟递给熊德礼，又端起杯子敬酒。连续干了三大杯，熊德礼就有点上头了。接着，李克又敬了三杯，杜娟也敬了三杯。熊德礼看杜娟时，眼睛里已经有了重影。

这时，杜娟说自己在外面吃苦，一回来便被禽兽詹顺平盯上了，还被他强暴了，说得眼泪都掉下来了。熊德礼一听，立马跳了起来，直骂詹顺平不是个东西，自己早就看他不顺眼了。

王强说道："叔啊，没办法啊，人家现在是村主任，你还替他值班守水库呢！"

熊德礼看着吊楼里不知何时多出来的铁锹，正想在这帮小辈面前耀武扬威一番，便拿着铁锹往猪圈走去，嘴里骂骂咧咧的，诅咒着詹顺平。猪圈的围栏都被拉开了，猪立马到处乱窜，有往水里去的，也有往菜园子里去的。

熊德礼的做法得到了三个晚辈的高度赞扬，王强又继续说道："叔牛是牛，可还差点儿火候。我来的时候看见村头不知谁拿来的炸药，叔，你要是真有胆量，就炸了这水库。想当初詹顺平当民兵时还抓过你进派出所，现在又敢指挥你来值班，你可是我们村德高望重的人啊！"

一番话激得熊德礼让王强赶紧领他去拿炸药。

当他们四人拿着炸药回来时，发现猪又进了猪圈。王强很纳闷，赶紧提醒李克："必须加快了，炸完我们就走，今晚就去县城。"

熊德礼把炸药放堤坝上时，王强说："等等，炸药得用海绵盖住，以免惊动村民。用海绵压住声音就小多了，村民听到声音，还以为是山上打野猪的枪声呢!"

坝破了一个非常小的口子,水慢慢地往外涌出。李克见状,便把猪圈的竹门全部打开。

王强拿起一整瓶酒给熊德礼,恭贺他是个伟人。熊德礼喝了几口,彻底不行了。王强和李克扶着他跟跟跄跄地走到村头,把他往坡上随便一扔,便开车去县城了。

他们知道,就算天塌下来,他也不会醒。

车上,三个人很久没有这么畅快过,一路高歌开进县城。他们之间相互恭维着:"这个主意太棒了,就算查出来,也不关我们的事。""我们仨也就是这段时间运气背点,早晚会飞黄腾达。""等詹顺平那孙子下马,王强上位,我们的好日子就来了。"

詹主任和李莉发现水库破了坝时,三个人已经在县城的酒店里喝着酒庆祝了。

第二天李连长就着手调查,当问及熊德礼时,后者装作若无其事,说什么也不知道,说自己昨晚太冷了人也吹得感冒了,头痛不舒服就回家了。熊德礼心里想着随便编造一个理由,就算是擅自离岗也不能把他怎么样,无非就是不给补贴了,老子也不稀罕。

可这怎么能骗得了当了这么多年民兵连连长的李春金呢?熊德礼媳妇说他压根没有回家,找到他时还睡在村头的山坡上呢!他那一副醉醺醺的面容和满身酒味怎么瞒得住李春金?李春金觉得他顶多是离岗喝酒去了,这也没办法治他的罪啊!

詹顺平的心里跟明镜似的,什么都知道。他一定要沉住气,揪出幕后黑手。他很敏锐地意识到那晚的枪声应该不是枪声,是爆炸声。这事情非同小可,所以要偷偷调查,不宜声张。

詹主任这几天累坏了。他干着最脏最累的活,下半身几乎都泡在水里,劳累过度加上急火攻心,发着高烧都不知道,只觉头痛欲裂,力气也没之前大。他拼命地干着,只有他带头干,大家才会跟着苦干。好在身边有个贤惠的李莉,当詹顺平拖着疲惫的身躯瘫坐在院子里时,李莉才发现他身上滚烫滚烫的。

李莉用晒干的艾草叶、干辣椒、生姜放在锅里熬水,片刻,水黑乎乎的,飘着一股浓浓的清香。艾草澡对治感冒很有效果,这是村子里流传下来的偏方。李莉伺候着詹顺平泡了一个艾草澡,詹顺平全身的筋骨像打通了一般,舒畅无比。泡完澡喝了感冒灵睡了一觉,他整个人又活泛了,精神头十足。

　　傍晚时分,夕阳把凤凰村的西边山坡染成了橘红色,树枝随着风儿摇曳。詹顺平来到村委会,把两位村干部叫来了,想开会统一思想,制订凤凰村下一步的发展计划。

　　詹顺平对李莉说:"晚上多加几个菜,我想请两个村干部来家吃饭。"李莉本不同意丈夫出门的,他的感冒还没完全好,她很心疼。丈夫心里装的都是凤凰村,自己又不中用,到现在肚子一点动静都没有。一股道不明的心酸堵在心头,可她没法说出口,作为妻子更需要体谅丈夫,她要好好协助丈夫。她萌生了一个主意,想学习财务。这样一来,既能打发更多的时间,今后也能好好管理账目。

　　李连长和郭主任在来的路上就碰面了,一直聊到进村委会,推开门一看,詹主任在研究一个类似炸药壳的东西,这可是稀罕物。他们很疑惑地看着詹主任手上的东西,詹主任见他们来了,便把东西放在了桌子底下。

　　李连长本想问詹主任手上拿的是什么东西,见他把东西放在桌子底下,便把想问的话咽了回去,改口跟詹主任打起了招呼:"詹主任,你这几天忙坏了吧,也不在家休息一下,等养足精神再来处理村务,事总是忙不完的。"

　　詹主任喝了一口茶笑着说:"没什么关系,我的身体棒着呢。眼下事情多,面对的困难也多,我们要抓紧时间,提高工作效率。这次事件对我们的工作是一个沉重的打击,说明我们的工作在某些方面确实存在很大的问题,我们要针对一系列问题找到解决方案。为了凤凰村能建设得更好,我们必须要完善体制、完善制度,并且要加大执行力。当然,你们都很优秀,做了很多的事情,而且有些事远远超出了你们的本职工作。我十分感谢你们,我们要一起把凤凰村建成美丽富裕的新农村。"

　　詹主任继续说:"这次我的感触很大,我们作为党员干部,首先要提高自己的水平,不管是知识水平还是管理水平,都急需提高。我们要找县里的老师来讲课,不光我们要听,老百姓也要听,提高我们的思想觉悟。"

詹主任习惯性地在口袋里掏了一下,想抽根烟,却没想到口袋里是空的,李连长忙把一盒香烟递给了詹主任。

李连长和郭主任被詹主任的话深深地触动了,你一言我一语地谈着自己的看法。郭主任高度赞成,并说她保证完成任务,过几天就去乡文化站找人来讲课。

三个人来到了水库大坝上,看着好好的菜地一夜间成了一片荒地,大家的心里都不好受。水库的泄洪口虽然被堵住了,但映入眼帘的是遭到破坏后的一片狼藉。

詹主任站在水库大坝上看着远方,眼神忧郁却又很坚定。他脑海中再次浮现出那一片片绿色的蔬菜,那一头头猪活蹦乱跳地向自己跑来。詹主任突然狂笑一声大喊道:"坚——持——到——底!"

大山上下产生了回声,詹主任的喊声把李连长和郭主任吓了一跳。

晚上回到家,李莉已经准备好了丰盛的晚餐,两位村干部和詹主任一家人有说有笑地围桌而坐。老书记李大水坐在主座,然后依次是李连长、詹主任、郭主任和李莉。

李大水苍老的脸上笑意盈盈,他用一双颤抖的手端起酒杯说道:"我想凤凰村又会重新燃起希望的火焰,今天大家就尽情地喝酒,不醉不归。来,为我们的团结干杯。"

大家很愉快地喝下了这第一杯酒。

詹主任把酒杯转了转,抬起来看着大家说:"其实这次水库出事,我看得出来是人为破坏导致,水库根本没有洪水暴发。现在已经是冬季,不可能会有洪水冲决泄洪口,值夜班的熊德礼显然说了假话。但我看得出,他好像有什么难言之隐,好像在包庇什么人。我听了他的谎话,并没有点破他。我不点破他、不追究他的责任,不是因为我软弱可欺,而是因为他家日子太苦,80多岁的老母亲不容易,老母亲拄着拐杖还特地去村委会求过我。老人家很睿智,她知道她儿子没这个胆量,一定有幕后黑手。她再三哀求我,不要让他家儿子吃牢饭。"

"刚刚你俩也看到了,那炸药壳子是我在水库那里找到的。那晚我听到的声音，其实就是炸药爆炸声。一般人也不会买这玩意儿，我私底下找了陈星所长，他顺藤摸瓜找到了幕后黑手。而且巧合的是，这些幕后黑手被省城的刑警队直接戴上手铐带走了。"

李连长和郭主任惊掉了下巴，瞪着铜铃般的眼睛看着詹主任。

詹顺平把事情的来龙去脉和王强三人的罪行一五一十地复述给他们听。李春金直接跳起来骂："原来是那浑蛋使坏，那王强早应该被天收去，做的恶事太多了，终于恶有恶报。活该活该，死不足惜。"说着一口干了一杯。

詹顺平示意李连长坐下，提醒他："声音小点，别人听见了不好，别引起乱子。这件事我想到此为止，不要再提了，以免人心惶惶，还会影响我们村的形象。我们农产品打造的就是绿色产品，这么恶劣的事件传出去肯定对收购商有影响。还有熊德礼，我已经找他谈了话，他也诚恳地道了歉，承认自己当时鬼迷心窍才入了圈套。我多次警告他，让这件事必须烂在肚子里，不能说出去。所以，大家就不要再追究了，这件事我扛下来，作为村主任总得有点担当。我会给乡里一个说法的。"

几个人都在咂摸着詹顺平的话，没有立即表态。

詹主任又说："而且，我作为村主任，有不可推卸的责任，是我在用人上疏忽了，也是我工作太冒进了。我本来打算等这批农产品上市后，让大家过一个好年，并且我还答应了莉莉，要带她去城里治病，不，是去疤痕。"詹顺平发现说错了话，心虚地看着李莉。

李莉只是低着头，没说什么，一时间陷入沉寂。

郭主任最懂人情世故，赶忙救个场，清清嗓门举起杯："大家喝酒喝酒，我们都别伤感了。怕什么，大不了重新再来呗！是不是？李连长。"

"是，是，我们加把劲，把损失降到最低。"李春金说完干了杯中的酒。

李莉见状吸了一口气，也把酒喝了，笑着看大家。

詹顺平自顾自地喝着酒。"纵观当前凤凰村的形势，我认为还是有很大的进步，但是要开发致富的项目，我看还得进一步考察论证，不能几个人坐在一起讨论就决定。发生这件事后，大家都会有一点亏损，凤凰村年后外出打工的人估计还是有不少。因此，我们的劳动主力还是妇女，可她们难干重活，只能做点轻松的活，所以还是要以养殖为主。如果条件允许，村里就统

▼
凤
凰
村

一规划一片试验田出来种烟草。要是能达到标准,我们就可以在全村推广,增加额外的收入。"

大家酒喝得算是尽兴了,畅所欲言地为凤凰村的未来谋划着。李莉低着头,谁也没注意到她眼里的泪花。

老书记李大水也参与到他们的规划中。"两位村干部的能力很强,我是知道的。顺平有了你们两个得力助手真是幸运啊。只是从目前形势来看,只能先按照原来的发展项目进行,最少我们已经有了经验,操作起来容易。何况全村的妇女都懂得了养猪技术,村里可以发动各家各户自己养猪,或者由个人承包,大家都给承包者打工拿一份工资,这样一来可以减轻村民的心理负担和经济压力;二来可以改变一部分人混日子的想法,提高他们养猪的积极性和责任心。当然,这样做是双刃剑,勤劳的人会很快地富起来,懒惰的人就会更穷,造成两极分化更严重。改革改革,总有一部人会先受益,但总体发展的思路是好的,如还是像以前一样吃大锅饭,那是退步,不是进步。"

詹主任听着三个人的发言,仿佛看见了曙光。他激动地说:"刚才你们三个人的建议很好,就是走原来的路,搞种植和养殖。这些项目虽好,但成本和人力投入过大,如果还是全村统一搞,这样真的不符合当前的发展需求。我认为老书记的建议可以采纳,实行承包养殖,村民自己也可以养,这样多管齐下,不会因为一个项目捆住了村民的手脚。我们要建立完善的管理机制,就像陈局长第一次来村里要求的一样,不能大众管理。以前对水库的管理就是一个教训,那时放了好多鱼也没有收成,去年实行了承包制,经济效益很快就显现出来了,成了村里一个很有保障性的挣钱项目。"

"所以,养殖也得像管理水库一样,承包到人。当然这会有很大的困难,目前凤凰村个人是无法筹集到这么多的钱来承包的。那么我们可以引进外人投资兴建猪场,其他人帮他打工,这样村民也就不用担心付出了没有回报。"

"这样一来,村民不用投资一分钱,只要干活,每个月就可以拿到一笔工资。我现在有一个想法,干脆把银行的钱取回来,实现当初的诺言,按投资的百分比分给村民,当时集资是 2 万多元,上次我们净赚了 10 万元。当然,我们还要付给村民劳动报酬,这是当时向村民承诺的。虽然我们遇到了挫折和困难,但说出的话就得算数,一定要给村民兑现承诺。"

"因此,我决定把我个人奖励金和政府扶持资金,共5万元,当作工资发给村民。虽然发到村民手上的钱也只不过是杯水车薪,但我相信,大家会明白我们的良苦用心,而且人心都是肉长的,他们一定会更拥护村委会!上任一年多,我还没有给村里办一件真正的实事,还没有让村民过上一天安宁的日子,反而让村民更加辛苦地劳动,最后却是竹篮子打水——一场空。要追究责任的话,我是第一个要被严肃处理的人,根本不算是一名合格的村主任。"

第二天清早,郭蓉姣就在广播中召集全村人开会。詹主任坐在正中央,全体村民把村委会挤得严严实实。有的村民窃窃私语道:"詹主任真是一个心里装着村民的好人,不知道他又有什么好事告诉我们,要是水库没有决口,我们村就更富裕了。"

李连长大声地喊道:"父老乡亲们,请安静,詹主任有事要宣布。"

喊了十多遍,人群才安静。

詹主任清了清嗓子,高声喊道:"父老乡亲们,今天召集大家来,主要是村里要兑现当初创业时许下的诺言,把挣到的利润按投资的百分比进行分红,同时发放参加劳动的人的工资。分到大家手上的钱不是很多,但村里绝对不会私自扣留一分钱,会后大家可以到村部来查账。大家也很清楚,如果没有发生那场事故,大家分到的钱更多,但是人算不如天算,损失的是我们每个村民的血汗钱。事情已经过去了,我们再沉浸在过去没有任何意义,我们要在事故中吸取教训,总结经验,才能更好地面向未来。去年最后的纯利润是10万元,而全村集资是2万多元,意味着集资了1元就可以获得5元的回报。下面请每家每户派一位代表,按村头至村尾的顺序来前台领取分红。"

有的村民议论道:"如果钱领回去,以后就不再集资创业了吗?那我们把钱用完了,还不是又回到了贫穷的起点上。我们还是建议把钱集中在村里,下次创业时再用。钱到手后一下就用完了,以后怎么办?"

郭蓉姣拿着扩音器喊道:"父老乡亲们,你们就按照詹主任刚才说的上前台来领取分红吧。至于以后怎么创业,昨晚我们几个村干部已初步讨论过,等领完钱,詹主任会给大家交代清楚。不过我要告诉大家一件事,你们的劳务费并不是从分红的钱里发,而是詹主任把政府奖励的 5 万元拿出来了,包括他获得个人先进标兵的奖金 1 万元。按照詹主任的意思,把这些钱拿出来补偿给大家。乡亲们,詹主任把所有的钱都分给了你们,大家再试想一下,按当时最初的投资,詹主任一个人的集资是全村的 2 倍,如果他要分红,今天就没有你们的份了。乡亲们,这样一位心里只装着村民的村主任,难道不值得大家去拥护爱戴吗? 不值得大家敬重吗?"

村民们听了郭蓉姣的话,顿时像炸开了锅一样,他们真没想到詹主任如此为村民着想。这样的村干部,谁不拥护?

全村人高声呼喊:"詹主任不要钱,我们也不要!"

詹主任被村民的话深深地感动了,两行眼泪悄悄地从眼眶里溢出来。有这么多的村民拥护自己,哪怕自己为村里献出生命也值得啊! 他站起来向全村人鞠了三个躬。

村民静了下来,詹主任看到一双双眼睛盯着自己,顿时热血沸腾,拿过郭蓉姣手中的扩音器动情地说道:"尊敬的凤凰村全体乡亲们,我詹顺平何德何能值得大家如此看重,上任一年多来没有给大家带来一点好处,却给你们增添了不少麻烦。此时,我还能够站在这里讲话,多亏了乡亲们的理解。如果没有你们,就没有我的今天,这份恩情比山还重,比天还高,比海还深。我回报大家一点心意又算得了什么? 虽然我知道钱暂时对我来讲很重要,但你们比我更需要钱。父老乡亲们,请不要推辞,按照刚才说的上台来领取吧。这是村委会的决定,如果你们不上来领取,那么我就会惭愧一辈子,良心不安,也会辞掉村主任这个职务,因为我连自己的承诺都不能兑现,那以后还怎么带领大家致富。我想,村民们都不愿意说话不算数的人来当村主任吧!"

村民的眼里都闪烁着泪花,村头的第一家杜飞上台了,之后村民一个接一个上了台,领了两个多小时才把钱发完。村民多的领到了 2000 多元,少的也领到了 500 元,这是他们做梦也没有想到的。

有的人拿着钱像扇子一样展开,在自己的脸上扇动着,这是有生以来他们第一次分红。有的人拿着厚厚的一沓钱,很幽默地开着玩笑:"这才叫'坐以待毙',不过不是枪毙的毙,而是人民币的币,坐在家里就有钱领。"

可以说,这次分红给村民解决了很多实际困难,更是打消了村民们心中的疑虑。有的村民等着钱给孩子交学费,有的村民等着钱买种子,有的村民等着钱去治病,有的村民等着钱娶媳妇。这次分红真是如一场及时雨,温暖滋润了村民的心。此刻詹主任的形象在村民的心中显得那么的高大、威武。

郭蓉姣拉拉詹主任的衣袖说道:"詹主任,我看见村民有如此大的反应,心中也是感动不已。你真是雪中送炭,把温暖送到了村民的手中,而自己却被经济的重担压得喘不过气来。特别是李莉,她急需用钱啊,詹主任真是我们凤凰村的救星,更是我们学习的榜样!"

李连长也由衷地感叹道:"是呀,我也没有这么感动过。只有村里富裕了,个人才能富裕。然而我已经老了,有心无力啊。我想等这件事过后,向组织提交辞职报告,把位子让给像詹主任一样的人,这样才有利于凤凰村的发展,也可以培养出更多的人才。"

李连长转过头向村民们说道:"乡亲们,我们跟着詹主任干一定会过上幸福的日子,今后凤凰村还有更多的致富路子等着我们去发现,只要大家积极建设我们的家园,压在我们头上的穷帽子肯定会被摘下来。下面有请詹主任向大家宣布下一步计划。"

詹主任的眼珠在人群中来回转了几圈,挺起脊背,抬起头对村民说:"父老乡亲们,我相信凤凰村用不了五年的时间,将会发生翻天覆地的变化,但这需要全村人共同的努力。这半年来,我们的事业没有停滞不前,水库决口这件事没有影响到我们走出贫穷的决心。人的一生有多少个半年,大家细细地想想,我们不能再这样白白地浪费时间。现在钱都已经发到了大家的手上,村里已没有剩余一分钱,下一步的路该怎么走,资金又如何支配,这是大家目前最关心的问题。的确,我们村干部也在想办法解决这个问题。"

"我们有些村民资金少,投入得少,可干起事来很拼;有的村民资金多,投入的也多一些;还有一部分人没有投;也有的人仗着自己投入资金多,不积极参加劳动,导致付出很多汗水的村民获得的收入很微薄。出钱多的分红多,这是我们一开始定下的规矩,但从主观上讲对出力多的很不公平。"

"所以,我们经过讨论研究,决定把养猪场承包给个人。如果谁能投入足够的资金,那么我们就承包给他,其他的村民就为他工作,规定一个月发多少工资,多劳多得,这样显得公平。有钱的当老板,没钱的按劳取酬,这样更有利于我们凤凰村的发展。当然,如果我们村没有人能够出得起这笔钱,我们就可以引进外地人来投资,但前提是必须请我们凤凰村的村民工作。"

"这样做,可能有部分村民的利益会受到一些损失,但绝大部分的村民会得到更多的利益。改革有利有弊,希望这个计划能够得到村民的支持。我们以后还要开发出更多致富的项目,尤其是去年所立下的项目,在明年年底要全部完成。如果有哪位村民可以出资,请在三天内到村部来登记造册。当然,要是大家还有更好的计划,也可以到村部来献计献策。"

村民们听完詹主任的话,开始议论纷纷。有的村民说:"这个计划好,自己没钱投资,有力气干活,也一样可以挣到钱。"而有些村民则抱着怀疑的态度:"这样能不能按劳取酬,如果老板刻薄的话,到时辛苦了一年,一分钱都拿不到,该怎么办?"也有几个村民说道:"投资这么大,谁能拿出这么多的钱?去帮别人打工,累死累活也挣不到钱。"

众说纷纭,各种议论持续了十多分钟。

郭蓉姣站出来说:"乡亲们,我刚开始和你们一样,有许多的担心,但经过詹主任的分析,现已彻底明白了这个计划带来的好处。如果你们有什么疑问,可以来村部咨询。现在你们都回家去,好好地思考一下,看看如何真正告别穷日子。"

看见村民都散去后,詹主任才松了一口气,习惯性地做了一个扩胸的动作,说道:"我们凤凰村的乡亲,还需要加强文化知识方面的学习,创办学校迫在眉睫。如果再不加强学习,文化知识不能提高,理解能力会始终停留在低层次上,明辨事理的能力就低。我们下一步不仅要全面教育好小孩,同时还要教育好全村人,让全村人都提高自身素质,为创业打下坚实的基础。过去的一年,村里参加学习的小孩都有很大的进步,这跟老书记的付出分不开啊!"

"我们这一级组织人单力薄,杂事也很多,还需要充实村委会的班子。前不久那场意外耽搁了我们的脚步,这次我们不管有多大的困难,都必须把这件事情解决了。如果男人不愿意进村委会,我们就让女人进村委会。凤凰村在家的还是妇女多,妇女做村民的工作也更方便一些。找候选人的工作就由郭主任全权负责。至于李连长,你就别提辞职的事,你今年才五十出头,何况你在村里的威望很高,做起工作来得心应手,同时帮我也减轻了很多的负担。特别是目前我的身体欠佳,脑袋经常痛,在这关键时候,你可不能退缩。再说,我们凤凰村不能没有你啊!"

三天时间很快过去了,来村部咨询的人络绎不绝,许多村民很想承包,可是一算要那么多的资金,都是心有余而力不足,最终也没有一个村民有能力承包养猪场。

詹主任有点着急了,并意识到如果要让凤凰村的乡亲们来承包,暂时是不可能的事情。再想不出办法来,这个产业就无法重新建立起来,到底该怎么办呢? 此事让詹主任很伤脑筋。

李大水从村部看完报纸刚回到家中,就看见了女婿愁眉苦脸的样子,便问:"村民们没有一个能够承包下来,这也可以理解,目前哪个村民有这样的经济实力呢? 村里的劳动力基本上是妇女,大部分男人外出打工去了,妇女们也无法做出这样重大的决定,我想还是我们自己承包下来。你乡里不是还有几个队友吗? 找他们商量一下,能否帮忙再从银行里贷一些款出来。另外,县畜牧站黄站长不是你的好朋友吗? 你可以和他商量一下,先把猪苗拉回来,等出栏了再还给他钱,我想黄站长应该会答应的。"

詹主任听了李大水的话,心里顿时亮堂了许多,但自己作为村主任承包养猪场,村民们会说闲话,这样影响很不好。他犹豫不决,心中七上八下,拿不定主意,毕竟要从外面招商引资,也很难。詹主任躺在床上翻来覆去睡不着。

李莉看着丈夫心烦的样子,也开始心疼起来。她抱着丈夫,尽量用自己的身体去温暖他。她的身体就像高温下的海绵,软软的、暖暖的,把詹顺平冰冷的心烘烤得快要融化。她安慰自己的丈夫,轻声细语地劝说着,劝他不要急于一时,肯定会有办法的。她说话的气流顺着詹顺平的耳根到脖子,痒痒的,痒得燃起了詹顺平心中的火焰。他直接关了灯,扑在了李莉的身上。

事后,詹主任的心情舒畅了很多,如久旱的大地得到了雨水的滋润,整

凤
凰
村

79

个人都放松了下来。他摸着李莉的头发,丝滑丝滑的。他怎么能不急呢?他一定要让大家富起来,让大家的幸福日子早点到来。

詹顺平看着李莉消瘦的脸,内心无比心痛。她自从跟了他,没过一天舒坦日子,跟着他一起忙里忙外的,许是太虚弱了,才迟迟怀不上孩子。他在心里暗暗发誓,一定要为了自己爱的人和爱自己的人,为了心中那迟迟实现不了的理想抱负,成为一个成功的人。

李莉不想自己的丈夫有那么大的负担。她其实一点儿也不想他折腾,只想安安稳稳地过着属于他俩的小日子。可是她知道,詹顺平是不会甘心的,所以自己只好把所有的苦往肚子里咽。

只要詹顺平不嫌弃她,她便永远心甘情愿地让他干他爱干的事情。李莉默默地许着愿:"老天赐给我们一个孩子吧。希望我们一家平平安安、顺顺利利。"

李莉突然问:"顺平,如果你有钱了,会抛弃我吗?"

詹主任举起手来发誓,被李莉拦下了。他说道:"你放心好了,今生今世你是我的唯一,再怎么有钱我也会爱你。何况你为了我付出了那么多,我不可能会做出对不起你的事,我只是怕树大招风,别人难免会有闲言碎语。如果真发生了我预料中的那些事,你可别生气。要相信我,我绝对是爱你一个人的。"

李莉握住詹顺平的手,连连点头。

第二天清晨,詹顺平很早就到村委会了。他想听听郭主任、李连长的意见。他开诚布公地与他们交了底,说出李大水提的建议。

"我认真地分析了一下老书记的提议,虽然你做会带来很大的负面影响,但除了你,全村也没有第二个人敢冒这个险。只有你干,村民才能享受到最多的好处;要是让外面的商人投资,一定会压榨村民的,他们都是把自己的利益摆在第一位,以挣钱为目的,哪里会为村民考虑,为凤凰村考虑呢?要是你干就不一样了,自从你把个人该得的奖金拿出来分给村里的人,他们现在都真心实意拥护你,一个个地在我这表忠心呢。"郭主任说这话时,李连长也连连点头,表示赞成郭主任说的话。

"是啊,我也是这么考虑的,只是我还是想为更多的老百姓考虑,我来带头干,但还是采取自愿原则,把投资的事情与他们讲清楚,让老百姓先投资,剩下的我兜底。而且,我要提前向乡里写报告,说明原因,要乡里同意。"詹顺平坚定地望向窗外,心里描绘着未来的蓝图。

第一步便是贷款。他打算明天到乡里去跟几位朋友商量一下,请他们帮自己出主意,或者把他们也拉来投资。接下来,他准备到县畜牧站找黄站长帮忙运一批猪苗回来,先少养一点,以后再慢慢扩大规模。这次肯定不会再有什么意外发生了,照这样的形势看,凤凰村用不了三年的时间就可以发生一次质的飞跃。

詹顺平在晚饭时跟老丈人和李莉说出了自己的想法。

李莉早就预料到了,并给他加油打气:"不管你做什么样的决定,我都会全力支持你,做你最忠实的拥护者。不过你这次把你父母也接回来住吧,我们结婚一年多了,我还没有好好地孝敬过他们。说起来其实是我的责任,是我没有勇气去面对他们。"

詹顺平不同意:"我的父母暂时还是不要接回来吧,当初我送走他们时就承诺过,等自己建起了洋房再去接他们来住。如果没有兑现诺言,我无地自容。何况让他们住在我老丈人家,这不是让他们的脸没地方搁吗?"

李大水的脸瞬间拉了下来。

李莉一时间不知道怎么接话了,她看到父亲脸色那么难看,就知道詹顺平的话刺伤了他。她赶忙朝丈夫使眼色,可说出去的话,怎么收得回。詹顺平也很愧疚,他还是不够老辣,总是说错话。

李莉还在为詹顺平辩解:"农村的人注重脸面,顺平也没有其他意思,他的话是有道理的,你就别瞎想了。"她望着父亲,祈求父亲别生气,詹顺平也解释不是别的意思,只是怕李莉伺候自己的父母太累。李大水也不是不通情理,一家人本就以和为贵,这事笑笑也就过去了。

一家人又有说有笑地拉起了家常。

6

大概9点多,詹顺平在村委会办完手头的事便去乡里了。他看着自己靠墙停放的自行车,抬起脚准备跨上去,可又把脚放下了。天气难得这么好,春风吹拂着这么美的村庄,可不能错过沿途的风景。而且,他有一件大事需要亲自做,他要利用这次走路好好地看一下凤凰村,尤其是通往乡里的黄泥巴路。泥巴路太窄,还坑坑洼洼的,只能通过一辆小型拖拉机,下雨天就是一个个小水坑。詹主任还带着尺子特地去丈量了一下路的宽度。下一步工作就是修好这条路。他走了将近三个小时才到乡里。

陈星在上班,看见满身灰尘的詹主任,忍不住捧腹大笑地说道:"如果不仔细瞧清楚,我还以为是哪个乞丐呢。请问你来有什么事? 快点如实招来。"

詹主任气呼呼地说:"陈大所长,你就别笑话我了,我现在全身发虚,四肢无力,赶紧倒杯水给我喝,让我缓缓气吧。现在年纪大了,真不行了,走路过来差点要了我半条命啊。"

陈星见詹主任脸色确实有些发白,这是走长途路引起的自然反应,休息一下应该也就没事了,于是倒了一杯热水给他。

詹主任喝完水才缓了一口气,说:"我的好朋友,这次可惹大麻烦了,你一定得帮我,要不然我就不回凤凰村了。"

陈星心里一颤,急切地问道:"你又出了什么麻烦? 是不是凤凰村又有什么事发生啊? 上次的事情不是解决了吗? 你赶紧告诉我,要是我能帮的,我还能不帮吗?"

詹主任眨了眨眼睛说:"大丈夫一言既出,驷马难追,等一会儿你可不能反悔哟! 现在我肚子饿,先带我去吃碗面条吧,保证我请客,反正快到晌午了,你也要吃饭吧,何况你也不忙,走吧!"

陈星笑着骂道:"去你的,村主任请我吃饭,一碗面条就打发啦? 那我还不如吃你嫂子做的包子呢，比面条好吃多了，你就一个人下馆子去慢慢享受吧。至于我刚才说过的话，你就当没有说过好了。"陈星边调侃边往楼下走。

詹主任立马笑嘻嘻地跟在陈星的后面，也调侃了起来："既然所长要摆架子，那我就拉下面子到你家去蹭嫂子绝佳的手艺，也让我给嫂子好好诉诉苦啊。"

陈星转过头笑道："想得美，你嫂子这些天回县城去了。我呢，一天三餐方便面，要是你想吃方便面就跟着我好了。"

詹主任惊讶地问："真的假的？你不是为了让我不见我嫂子，故意说谎吧？那陈书记也和你一样吃方便面吗？既然陈书记吃，那我也要跟着吃方便面！"

陈星无奈地摇摇头："你小子就别跟了，你想模仿的陈书记上个星期到党校学习去了，回来后有可能就不是这个乡的党委书记了。"

詹主任激动地说："那他这是要提拔啦？快说快说，下一步要升到哪里去？去县城吧？当副县长？"

陈星见他这么激动，真不知道自己老爸升迁跟他有什么关系，无奈地回答："这个我也不太清楚，有时人算不如天算，还是顺其自然会更好一些。前几天我大伯还打电话来问你的情况，问凤凰村现在有没有恢复生产。目前市场上对蔬菜的需求量比较大，尤其是像你们凤凰村的蔬菜，非常畅销，上次的事情也过去三个多月了，眼下春季到来，是播种的好时节，你那怎么一点动静都没有呢？你是不是心存畏惧，一朝被蛇咬，十年怕井绳了？"

两人说话间已到了陈星的家里。詹主任走进门就拿起茶桌上的苹果吃起来，边吃边说："这正是我来找你的原因，你还是赶紧把方便面泡起来吃吧，我肚子真的好饿，不知怎么回事，自从上次生了一场病，总感觉肚子很容易饿，不知是不是消化系统出问题了。总而言之，我的身体不如以前了，这个头一到下雨天，或者吹了点凉风，就开始隐隐作痛。王强那小子真是害人不浅，幸好警察办案及时，不然我还真拿这几个人没办法。这几个害群之马解决了，以后凤凰村再不会有人闹事了。"

陈星在厨房里忙活着，一句话都没听清楚。没一会儿，他端出来辣椒炒鸡蛋、茄子炒咸鱼块，还有一碗鱼头汤。他把这些菜端上桌，詹主任的眼都

▼
凤
凰
村

看直了,口水直流,伸手就抓起一块鸡蛋往嘴里送,一边吃一边说:"你这个大所长也学会了欺骗人,你不是说只泡方便面吗? 怎么用魔法变出了这么多的菜来?"

陈星高兴地说:"为了你小子,我可真是比亲兄弟还亲地为你着想、为你服务。我除了做饭给你嫂子吃,还从不下厨呢。俺老爹,你和蔼可亲的陈书记都没尝过我的手艺呢。"

两人边吃边聊,詹主任回到了主题,说道:"我这次来找你商量,就是想解决凤凰村的农业再生产问题。通过对去年全村集资生产的经验进行总结,我们觉得效果并不是很理想,虽然种养业开展得有模有样,但实际村民分到口袋里的钱并不多。要是没有发生水库决口那件事,可能会好些,可也存在很多问题,比如说投资资金有限、猪场规模不大,还有劳动力短缺、村民积极性不高等问题。因为工资很少,就导致有能力的不去干,没能力的抢着干,最后投资多的人比投资少但付出劳动力的人挣得多。这让很多村民有怨言,甚至闹矛盾。经村委决定及全村人民大会通过,凤凰村接下来的产业实行承包制。"

"村里与有经济实力的村民签订承包合同,制定一套完善的工作制度,工作的村民每个月领工资。当然,对那些家底本来就薄的人,厂子每年要从利润里抽出5%来作为福利发给他们。我认为这样才能更好地解决村民间的矛盾和纠纷,才能更好地带动全村整体的经济发展。我们的原则是本村人有优先承包的权利,我们也在村里贴了告示,寻找本村的投资人,报名以三天为限,但这三天来,问的人多,真正投资的人一个也没有。不是不想承包,是整个村没有一个村民承包得起,没有那么多钱。我心里也很着急,不能再拖下去了,我想找你们这些朋友帮帮忙,出出主意。我自己承包下来,或者你们几个也入股,一起弄下来,经营由我来管,你们只管投资,年底等着分红就可以了。"

陈星沉思了一会儿说:"这个方法是可以,但是我们身为国家干部不准参加经商,再说投资这么大,只有向银行贷款才行,而这贷款的事情还必须得谢斌出马才能解决。如果真要弄,你就自己承包好了,具体我们晚上再把这帮朋友聚拢起来商量。对乡村有利的事我都乐意去做,特别是如今你们凤凰村发展起来了，我们做朋友的都高兴。"

陈星让詹主任在他家中好好休息，养足了精力，晚上才好投入"战斗"。其他的朋友，陈星已约好了，晚上6点钟准时到。

詹主任哪里闲得下来？下午上班时间，他和陈星一起出了门。他跟陈星夸下海口，这次要在队友们面前好好露一手。陈星笑道："家里油盐酱醋任你用，你还能做出满汉全席不成？"詹主任神秘一笑："你就瞧好了吧。"

詹主任去菜市场买了满满一篮子菜，决定好好犒劳犒劳这帮兄弟。他以前在海州给老板打工时，就学到了一手好厨艺，搞顿家常便饭不在话下。

詹主任买完菜就钻进厨房忙活起来，等他张罗好一桌子菜，队友们也陆陆续续到了。

农业站站长陈明大喊道："哇，太阳从西边出来了，我们的詹主任居然亲自下厨。"

卫生院院长刘贵乍笑着说："陈站长你还是别高兴得太早，我感觉有点不对劲，这好像是'鸿门宴'。"

詹主任对大家说："你们到底吃还是不吃？你们既然来了，不吃也得吃，都老老实实地坐在位子上，听我的安排。今天我给大家当'火头军'，多谢各位朋友赏脸，这是我最大的荣幸。当然，荣幸之后有一些困难需要朋友们伸出友谊的手帮助，陈所长应该也跟你们透露了一点，你们也应该清楚，下面我们还是先吃饭，等肚子填饱后，我们再好好研究别的事。"

陈星站起身说道："大家就别客气了，都是一个战壕里出来、同穿一条裤子的朋友，谁心里有几根花花肠子都知道，还客气什么嘛！詹主任这人很讲义气，尽管暂时不富裕，但有志向，三十年河东，三十年河西，笑到最后的才是胜利者。我始终认为詹主任是一个不可多得的人才，他想走商道，但这条商道如何走，希望我们大家帮他出出主意。"

谢斌说："我认为大家合伙投资这条路肯定行不通，我们都是公职人员，不能入股经商。我还是提议有钱的人帮点忙，到时詹主任挣到钱要及时归还，同时还像上次一样到银行去贷款，我可以做你的担保人。行长对詹主任的印象还是很不错的，经常跟我说詹主任是一个讲信用的人，这次再向他贷款应该很容易。但商场同战场，谁都无法预料输赢，我还是要提醒詹主任，承诺的事一定要兑现,这样才会有人支持你、相信你。"

刘贵乍很有同感地说:"凤凰村去年开发出这个养殖行业还算是成功的,但我认为光靠传统的饲养,猪的成长速度不是很快且回报低。是否可以购置一套生产饲料的设备回来,自己加工饲料。这样可以节省劳力和资源,猪的生长周期也会缩短,我个人愿意借给詹主任 2 万元。"

陈明说:"我认为最关键的还是要把凤凰村的路修好,只有路修好了,致富才能走上快车道。虽说凤凰村没有钱,但我认为凤凰村目前在全乡算是比较富裕的村庄。凤凰村的资源多,山上那么多毛竹、杉木都是钱,如果在山上种上果树,那今后村民捡钱都捡不赢。我建议还是贷一些款先修路,等路修好了再考虑开发其他的项目。我的建议不能采纳也没关系,我也愿意支持 2 万元。"

陈星也说:"我也和大家一样支持 2 万元,这后面的资金就拜托谢所长了,能贷多少就贷多少,甚至可以到县城其他银行去贷。我在想是不是应该向乡党委反映一下这个问题,申请搞个扶贫工业区,但这需要县委批准。我们要尽自己最大的努力帮助詹主任带领凤凰村走上富裕之路。"

詹主任听了几个朋友的表态,站起来激动地说:"各位朋友,我詹顺平在这里发誓,今生只要我有一口汤喝,我都会拿出来和大家一起分享,如果有半点私心,就天打雷劈。你们是我的贵人,是我人生的明灯。我还要重复原来说过的话,今后大家有需要我出力的地方,尽管开口,就是要把天上的星星摘下来,我也一定会毫无怨言地去摘。"詹顺平的眼眶红了。

吃完饭,他们又掏心掏肺讲了很多心里话,并给詹主任指明了下一步要走的路。

虽然大家各抒己见,但詹主任把这些话都牢牢地记在了心里,也受到了很大的启发。詹主任的心剧烈地跳动着,把他们说的话综合起来,就是一本用金钱也无法买到的怎么经商、怎么为人的书,今后自己好好运用,一定会发挥很大的作用。

第二天,詹主任一帮朋友们都涌到了银行里,向唐行长递交了一份贷款申请,并说明贷款的原因。唐行长见这些人都是乡里有头有脸的人物,由他们签名担保,款能不贷给詹主任吗?再说,詹主任也是一个讲诚信的人,上次及时还贷款,一天时间也没拖延。但这次要贷款 50 万,数目这么大,还得请示上级银行,最关键的是自己没有审批权限。唐行长沉思了很久才说道:"一下贷款这么多,应该到县级以上的银行去,再说我也没有权力审批 50 万,我最多也只能贷出 20 万,这个谢所长应该知道。"

詹主任说:"那我就先贷 20 万。"

事情办得异常顺利,詹主任提着 20 万元走出银行,就像拎着千斤重担。

詹主任拿着贷款和朋友们支持的 30 万元回到了村里。他和老书记商量了两天,还是没有理出一个头绪。这 50 万究竟怎么去投资,如果用在养猪上,那么其他的事就无法做。

詹主任真想把这 50 万投到修马路上,采用农业站站长陈明的建议,但是 50 万修路还远远不够,村民凑不出钱,上面也不拨款。詹主任最后还是决定把这些钱用到修建猪圈和养猪、种菜上。詹主任一边在各个小组贴出公告,一边又指示郭蓉姣在广播中大力宣传:来参加劳动的村民每人每天 10 元,如果转入正常的生产阶段,工钱会增加。詹主任还保证利用一年的时间给村里建学校、文化活动室和修马路。

公告和广播一出,全村人乐开了花,有的妇女说:"有钱挣,大家都可以跟着发大财。事情能不能成功,是以后的事,现在我们为 10 元一天的工钱去劳动,詹主任是一个讲信用的人,到时一定会给我们算清楚账的。大家想一想,一个月劳动 30 天就可以挣到 300 元,一年就可以挣到 3600 元,放在以前连做梦也不敢想呀。活了一辈子,一年到头只为了混口饭吃,何尝能挣到一分钱? 这样的好事只有我们凤凰村才有,比如那些男人们,在外从年初忙到年尾,也没看到他们挣多少钱回家啊。"

在郭蓉姣的提议下,詹主任特意选了一个黄道吉日,放了一挂长长的鞭炮,带着村民浩浩荡荡地来到了水库。他要搞一个隆重的仪式,给自己也给乡亲们鼓鼓气。

詹主任高声地喊道:"乡亲们,乡政府同意我承包村里养殖场、蔬菜基地,批复文件下来了。我在这里向乡亲们承诺,如亏损了算我个人的,挣了算村里的。我相信在我们的努力下,一定能实现多年的梦想,走上发财致富的道路!"

全村上下一片欢呼,很多人拿着自家的生产工具冲向了荒芜的菜园,清场、挖沟、垒墙,干得热火朝天。

詹主任指定由李春金连长管理基地建设。他把自己花了一个星期弄好的设计图交给李春金,向后者再三强调,一定要按照设计图施工,不能有太大的偏差。

李春金感到压力很大,万一自己有什么疏忽,将会给整个凤凰村带来返工的损失。李春金想想后说:"詹主任,我们能不能到外面去请建筑专业人士来进行测量,并请建筑队来施工。如果仅仅靠村里人施工,很难达到设计图的要求,甚至可能因返工造成浪费。"

詹主任细细地琢磨着李春金的话。他以前在建筑工地上做过,明白这个道理,如果有什么疏忽,就可能浪费人工和原材料,造成很大的损失。他认为李连长提醒得很及时,要不然自己就可能事倍功半。

他立即跟县建筑队的刘恒队长联系。可刘队长觉得凤凰村太远,路又难走,做起来很不划算,拒绝了。

詹主任很着急,这可怎么办? 在没有办法的情况下,他只好求助于陈星。

陈星也感到很棘手,建筑队的人,自己也不熟,和他们没有一点交情,现在就是出比别人高一倍的工钱,也不一定会来,何况詹主任也付不起那么高的工钱。现在最关键是要找个跟建筑队的刘队长很熟的人,最好是刘队长的领导。

詹主任一听这话,心里凉了一截,同时非常不服气地说:"刘队长真是狗眼看人低。我又不是让他白做,同样付工钱。我们能否到隔壁的县城去请施工队?"

陈星摇摇头说:"在建筑施工方面,外县施工队根本就不能进入本县。"

詹主任有点灰心丧气:"可总不能让村民们瞎干呀。再这样干下去,达不到效果,我们的损失更大。"

过了一会儿,陈星直视着詹主任说:"还有一个办法,就是凤凰村必须要有一个长期搞建筑的项目,才能够吸引他们。可目前不要说长期,连短期的也没,所以没有人会轻易地动用大队人马来搞建筑。"

詹主任听了这句话，眼睛一亮说："既然请不动他们就算了，只能说刘队长太没有眼光，心胸太过于狭小，放着长远的生意不做。以后他一定会求我，到那时我见都不见他。"

　　陈星用怀疑的眼神看着詹主任，问道："你难道有了什么新的方法可以解决这个问题？"

　　詹主任眯着眼笑着说："你想想，我曾经在海州工地上做过5年，那时我也结识了一些工友。听说有一个工友自己拉起了一支建筑队，他当时和我是同穿一条裤子从泥堆里来，污水中去，5年中可算是相依为命。尽管我回来这么多年，彼此没有联系过，但我们的情谊还在，我想亲自到海州去一趟，和他联络一下感情。我们县城不是刚下了一个通知，允许外商来投资吗？我就让他打着外商投资的旗号来搞建筑，这样符合法律程序，别人也不敢阻拦。"

　　陈星用怀疑的口气问："你就这么有信心可以把他请回来？想法是好的，但不要太天真了，别人在海州挣钱多容易，就为你搞几天建筑，然后再灰溜溜地回去？他又不傻，会答应吗？你呀，我发觉你真是有点头脑发热，只会异想天开。"

　　詹主任胸有成竹地说："你真是聪明一世，糊涂一时。你想想看，凤凰村以后还要搞多少建设，修马路就是一个大家都抢着投标的项目。近几年，我一定要把挣到的钱用在建学校、文化活动室等项目上。如果真的有那么一天，我还会把整个凤凰村重新规划，全部建新式楼房。虽然要实现这些理想还非常困难，可我有信心去完成。当然，你一定会问我钱从哪里来。现在我告诉你，等我有了一定的经济基础，再从银行贷一些款出来，把马路修通。你想想，凤凰村的田地肥得已经在往外流油了，我要是把这些'油'都变成实实在在的钱。凤凰村富了，还怕没人来吗？"

　　陈星笑着说："你有什么困难就跟我说，只要我能帮得上忙。但是你做任何事情之前都要三思而后行，投资有风险，最关键一条必须合法，到时别让我带着人去凤凰村抓你，我可不会讲情面，照样会给你戴上手铐。对了，如果别人不愿意来，也不要去勉强人家，每个人都有自己的考虑，更有自己做人做事的原则。作为朋友的我始终都支持你干出一番事业。如果你下定决心就赶紧去海州吧。希望你这次去有收获，能够带来好消息。"

詹主任回到家，立即找来了郭蓉姣和李春金两个村干部，交代了村里的一些工作，特别强调"绿色养殖场"的建设不能停下来，要不断地给村民们打气。他让李莉半个月就给村民付一次工资，这样才能激发村民更大的干劲，并让老丈人李大水担任建设的总指挥，时刻在场区协调工作。把这些事情交代好后，詹主任便动身去海州了。

到达海州后，詹顺平的眼睛被眼前灯红酒绿的大都市迷住了。前几年来，海州虽然已经很发达了，可是这几年发展速度太快了，几年不见就发生了翻天覆地的变化，曾经到过的地方已经认不出是哪条路了，连方向也找不准。如果凤凰村几年时间也能够这般发展，那该有多好呀！他站在海州汽车总站的广场上，看着眼前的高楼大厦，觉得自己是如此的渺小。曾经自己也是其中的一员，可如今苦苦挣扎了几年，还在原地踏步。

詹主任拿着以前工友的电话号码，拨了一遍又一遍，可每一遍都是："你所拨打的号码是空号。"

唉，怪不得陈星说自己做事总是毛毛躁躁的，一点都不老练，还真是被他说中了。他应该在来海州前就打电话联系的，可现在人都到了海州，难道还能无功而返？

詹主任不停地向旁人打听，海州恒星建筑公司在什么地方。他随着路人的指引找来找去，也没找到。

他漫步在霓虹灯下，眼前是拔地而起的高楼大厦和路上一辆接一辆的豪华轿车，整个夜都浸泡在五光十色里。詹主任彻底地迷失了方向，他站在人行天桥上，惆怅爬上心头。

他心里想，还是等明天再找吧，晚上连方向都摸不准，上哪儿去找呢？

他累坏了，肚子饿得咕咕作响。这时飘来一阵卤肉饭的香味，他吞了吞口水，口腔干巴巴的，只好用舌头润了润嘴唇。他的腿也胀得厉害，脚板似乎针扎般火辣辣的，像是穿着百斤重的鞋子。他靠在商场边的扶栏上，从口袋里摸出一包烟来，又从口袋里掏出打火机，手似乎都不太听使唤了，费了好一会儿劲才点着火。

歇了一会儿，倦意也随着夜色袭来。得先找个地方睡，詹顺平心里想。

他没带那么多钱过来，数了数，只剩 638 元了，后面还不知道待几天，要吃饭，还得买回去的车票，宾馆是住不起了。

他继续往前走，想寻找一个凑合睡一晚的地方。走到一个正在施工的工地，高楼已建起来了，工程快要收尾了，于是他便溜进去，一躺在地上就睡着了。

第二天，天蒙蒙亮他就离开了工地。詹顺平在报亭买了一张地图，想按图索骥。可海州实在是太大了，他压根就不知道去哪里。他在路人的指引下，上了去天河区的公交车。

他在天河区的一个公交站下了车，看到一家沙县小吃店，冲进去吃了一碗面和一盘饺子。

吃饱后，他的心情好多了。他想到了之前老板家的住址，往年给老板开车，对那条路很熟悉。他心想，老板应该还住在原来的地方。

老板住的小区离沙县小吃店不远，他抽了一根烟便背上包走了。

在路上，他想起了老板家的女儿，她长得很漂亮，离开海州的那年他 22 岁，老板的女儿 15 岁。

他找到了老板家的小区，小区还是原来的样子，没什么变化，只是比以前要干净多了，树木花草也多了。

他停下脚步，看着楼栋的楼层。他想，还是在这里守一守吧，这么多年，老板也不一定记得他，还是不要冒昧打扰吧。

詹顺平坐在柳树边的长椅上，长椅正对着小区的大门，进进出出的人看得也清楚。他想起了当年在海州的点点滴滴，想起老板的女儿，自己还欠她一个水晶音乐盒呢。

她叫张婷婷，当时在读初二。他为了讨好老板，给老板留下一个好印象，除了工地上的活外，还经常私底下给老板干活，比如马桶堵了修马桶，水龙头螺丝松了修水龙头，灯泡不亮了换灯泡，甚至还打扫卫生、做饭。他有活就干，老板和老板娘很是喜欢。只是他每次干活时总是想避开婷婷，她那双明亮的大眼睛，好奇地盯着詹顺平，让詹顺平极不自在，有时被盯得脸都红了，火辣辣的。

有一次换完灯泡，詹顺平见自己把地板弄脏了，便准备去拖地。结果地滑没注意,身体撞在了柜子上,把放在柜子上的一个水晶音乐盒打碎了。满地都是玻璃碴,身后也传来婷婷的尖叫。

婷婷边哭边捡着水晶的底托,看音乐盒还响不响。见完全坏了,她哭得更伤心了。詹顺平愣在原地,不知怎么办才好。老板娘不停地哄着婷婷,可是婷婷恶狠狠地看着詹顺平,詹顺平只好一个劲地道歉,还举手发誓,说:"我一定会重新给你买一个。"

老板娘当然说不用管,婷婷哭一会儿就好了,让詹顺平放心。可詹顺平很过意不去,他知道这个音乐盒很贵,也很有意义。他又说:"婷婷,真的很对不起,我一定会给你重新买一个。"

婷婷这才罢休,去房间拿出纸笔,要詹顺平立字据。詹顺平只好在本子上歪歪扭扭地写下:本人詹顺平,欠张婷婷一个水晶音乐盒。

下班了,进出小区大门的人多了起来。人群中有一对男女正说着话,詹顺平看女孩很眼熟,对,是张婷婷!他激动得从椅子上跳起来跑过去。

相隔二十几步路,詹顺平满怀激动地跟女孩招手,女孩却一脸茫然。詹顺平说:"你是张小姐吧,好多年没见了,你长得更漂亮了。我是詹顺平,以前在你爸工地上做工,还记得我曾经打碎了你一个水晶音乐盒吗?还写了欠条的。"

詹顺平身上散发着一股汗水发酵的酸臭味,张婷婷看着眼前的这个男人,很陌生但又有点眼熟,轮廓像某个人,却想不出是谁。但水晶音乐盒的事,她一直记得。

张婷婷身边的男人以为詹顺平是故意搭讪的,直接拎起詹顺平的衣领,挥起拳头想揍他。

张婷婷急忙拦住了,说:"对,你在我家修过电灯泡。"

"我五年前就不在工地上做工了,这几年在家乡当巡逻员,现在被村民选为凤凰村的村主任。我来到海州想找曾经一起做过工的工友,这件事关系到整个凤凰村的全面发展。我在这里找了一天都没有找到,连自己曾经做过工的地方也不认识了。百般无奈之下,想到张老板住这里,便来这里碰碰运气,真没想到会遇到张小姐,真是苍天不负苦心人。张小姐,你那个水晶盒我可还一直惦记着呢,保证一定赔给你,不过这次真得请你帮个忙,我想找张老板。"詹顺平表明来意，带着点乞求的语气。他看起来很怕眼前的女孩。

张婷婷笑了，说："你真是幸运啊，我们家早不住这里啦，我是来老宅子找我高中的相册的。"

张婷婷拿出手机拨通了张老板的电话，看自己的父亲知不知道詹顺平要找的人，也探探父亲是否愿意见詹顺平。

张老板爽快地答应了。挂电话时，张婷婷招呼詹顺平上了他们的小轿车。车一会儿便消失在人流中。

开车的是张婷婷身边的男人，应该是她的男朋友，好像是一个广告公司的老板。张婷婷在车上调侃着："你还记得水晶盒的事啊？那张欠条早就不知道丢哪里去啦！"

"那就再补一张，我可是一直记着呢，心里一直很歉疚，到现在没混出个人样来。但是我一定说到做到，请再给我一点时间，我肯定会还你的。"詹顺平不好意思地回答。

张婷婷笑道："你还算是个有骨气的男人。当年爸爸告诉我你已经回老家了，我气坏了。其实那个音乐盒也不值多少钱，但那是我爸爸送给我的 10 岁生日礼物。当时我家条件并不好，我爸爸还是工地的一名砸墙工。为了给我 10 岁的生日留个纪念，爸爸在工地上连续一个月没日没夜地干，后来由于操劳过度，从五楼高的脚手架上摔下来，幸亏下面是一些搅拌好的湿水泥，要不然后果不堪设想，但还是摔断了一条腿，在医院里躺了几个月。我当时还小，很不懂事，为了要礼物，天天哭着吵闹，才得到这个礼物。我后来才知道这是妈妈用帮别人洗了半个月的衣服赚的钱买的，从此便是我最珍贵的东西了。我当时真是伤心到了极点，恨不得把你大卸八块！随着时间的推移，慢慢地，我忘记了音乐盒的事情。不过我们还是很有缘分的，而且你现在比那时帅多了。"

见她当着男朋友的面夸自己，詹顺平很尴尬地笑着。

车左拐右拐开了半个来小时，停在一幢豪华的别墅前。别墅坐落在青山绿水边，张小姐把门打开，几个人进了客厅。张老板正坐在茶桌边的沙发上，一边看着电视剧一边品茶。张夫人则坐在旁边，两眼微闭着打盹，浑身的珠光宝气显示着这个家庭的富有。

突然见到这么多年没见的手下，张老板很高兴，特别是得知詹顺平当了村主任以后，亲切地握着他的手，招呼着他坐下。

詹顺平迫切地想找到工友王武，村民可都在等着他的好消息呢。詹顺平向张老板打听王武，毕竟王武曾经也在张老板的手下做事，在前年"单飞"成立了一支工程队。

张老板微微抬起头说："几年不见，你改变还是很大的。当时你要是没走，现在肯定也是包工头了，最起码也能在海州站稳脚了。"

詹主任连忙点头，伸了伸身子回答："张老板说得对，我当初在公司里干了 5 年，那 5 年学到了很多知识，特别是吃苦耐劳的意志更加坚定了。尤其是老板和夫人对我的信任和器重，至今我都念念不忘，始终铭记在心。记得一次夫人给了我一套西服，直到现在我都当宝贝，只有参加重要会议和执行重大的任务时，才舍得穿上。每次穿上，心中总在想不能出差错，要不然会给张老板脸上抹黑。因此，我处处小心谨慎，不敢有丝毫的松懈，甚至和妻子拜堂那晚也特意穿上那套西服，希望自己结婚后也能够跟上张老板的步伐，要时时以张老板为榜样，尽最大的努力来改变生活。"

张夫人听了笑着说："顺平啊，这几年来，你最大的变化是这张嘴越来越厉害了，看起来很成熟老到，确实变优秀了。你可得好好跟我们说说你在村里的故事，以后我们老了，到你们村养老去。而且，你有什么事需要找王武啊？"

家里的保姆端着杯子放在詹顺平的眼前，詹主任端起茶喝了一口，从口袋中拿出了一包香烟，抽出一根给张老板。张老板看了牌子后没有接，说道："你抽我的烟吧。"

詹主任知道自己的烟不够档次，也就不客气地从张老板推过来的烟盒中抽出了一根烟，点上火。随着烟丝缓缓燃烧，詹主任的思绪被拉回到现实中。

"说说，这些年你都干了什么？"张老板问。

"我回到家乡后，到乡里找了一份临时工，主要负责治安这一块。"詹主任答。

詹主任把这几年的点点滴滴像说故事一样娓娓道来,最后他还是把话题转回到了请工友王武去协助他创业上。

张老板一家人听到詹主任的经历,都被他这种持之以恒的精神给打动了。

张婷婷感叹地说:"詹顺平,你还真有本事,现在很难找到像你这样一心一意带领村民致富的村主任了。你说得那么好,仿佛金山银山都在眼前一样,关键是你现在没有足够的资金,用什么去投资啊?"

张老板觉得女儿说话不着边际,又冲,于是赶紧接过话来,转移话题问道:"小詹,你吃晚饭了没有?"

张老板冷不丁的这么一问,把詹顺平的饥饿唤醒了。他突然想起自己一天都没有好好吃过东西,刚才讲话忘记了饿,一提起来还真是饿得不行了,便不好意思地说:"张老板,我还没有吃晚饭,急着找王武呢。"

"快,刘嫂,去给小詹搞些吃的东西,先让他填饱肚子。"张老板吩咐保姆。

保姆刘嫂赶忙到厨房去煮了碗面条,端到詹主任面前。詹主任也不客气,两三下就把面条吃光了。他伸伸腰深情地说:"张老板,还是需要劳烦您,我需要找到王武!"

张老板说:"王武现在是单干了,但他的'恒星建筑队'还是属于我们旗下,你这是在挖我墙脚啊。不过你这样执着,的确难能可贵。刚才你的提议很好,到外省开拓市场能更好地发展,但这件事情我还得考虑考虑,毕竟下农村也存在很多的困难,何况你那个凤凰村不一定就能够按照你所说的发展起来。我把一支工程队调过去,挣不到钱不说,又耽误了这里的工作,失去了业务。你想想其中的损失会有多大。这样吧,明天我再给你答复。"

第二天,张老板告诉詹顺平:"这件事我已经慎重考虑了,目前城市转向农村的开发也算是热潮,但市场比较小,而且风险也大。我老了,干不动了,也不想折腾了,我的公司以后会交给婷婷来打理,我和你嫂子要过几年潇洒的日子,以后你要是发展得不错,就带带婷婷。我问了我们的人事经理,目前我们跟王武的工程队的合同也快到期了,你可以去亲自找王武,看看他是怎么想的。"

詹主任听后,感激地说道:"张老板,你对我的大恩大德,我永远不会忘记。麻烦您把王武的电话给我,我来联系他,说不定他有兴趣呢。实在不行,我就当来海州跟老友叙叙旧吧。"

张老板想了想说:"好,你还是尽快去找王武,别误了自己的事。"

张老板告诉了詹顺平王武的电话和地址,并给王武打了一个电话,简单地说了詹顺平的来意。

詹主任按照地址,转了好几趟车才找到王武。两人见面格外兴奋,往日的兄弟情谊涌上心头。王武大声地骂道:"你个臭小子,还能记得起老哥啊?几年了,我还以为永远见不到你了呢!我听张老板说了一下你的来意,这事我们等会儿慢慢说,你现在就跟着我去放松一下,看你全身脏兮兮的,很不符合村主任的身份啊!"

王武带着詹主任来到当地比较高档的桑拿城,洗了一个澡。王武还叫来两位小姐为詹主任按摩,被詹主任当场拒绝了。王武没办法,只好依了詹主任。王武让詹主任在水中多泡一个小时,自己则去买点东西回来。

詹主任一个人在浴池中泡着,眼睛始终盯着出入口,心里在想王武究竟想干啥,把自己一个人撂在这里。一个小时过去了,怎么还不回来呢?不会放自己"鸽子"吧?

詹主任泡够了,爬出浴池,准备穿上衣服出去找王武。这时,王武提着一个大包进来了,说:"再洗一会儿,把身上的汗污都洗掉,这样人会轻松一些,压力也会减轻一些。"

詹主任笑道:"再洗一会儿,我就变成光毛猪了。"

王武笑得前仰后合,把包中的衣服拿出来,递给詹主任,说道:"快把这套衣服换上,看合不合身。刚买回来的,不合身可以马上去换。"

詹主任有点蒙,很不好意思地说:"这要花多少钱啊?我可穿不起,还是退回去吧!"

王武笑得合不上嘴:"你真抠门,一套衣服都不舍得买,以后还谈什么创大业!你在外混了十多年,怎么还这样老土?这不像你詹顺平的作风啊!你就穿上吧,算我请客。以后等你发达了,再给我买一套还回来不就行了吗?"

詹主任接过衣服回道："多谢大哥的厚爱,那我就恭敬不如从命。"

王武擂了詹主任一拳说道："你就别文绉绉的了,还是赶紧穿上,我们去填填肚子吧。"

詹主任穿上新衣服,整个人顿时变了个样,精神抖擞,两眼炯炯有神。桑拿城的服务员向来以貌取人,看着焕然一新的詹顺平,嘀咕着:"刚才不是一只癞蛤蟆吗? 怎么转眼就变得像王子了,真是人靠衣装啊。"

王武指着仪容镜道:"你看看镜子中的自己,是不是有点陌生了。要不是我亲眼所见,还真认不出你就是詹顺平了。"

詹主任对着镜中的自己傻笑,感觉自己仿佛年轻了好几岁。他转过身对王武说:"走吧,去解决肚子问题才是正道。"

他们坐在宾馆餐厅靠窗的桌子上,桌上摆着 6 盘菜,一人拿着一瓶啤酒喝,不知不觉两人已喝了 4 瓶啤酒。詹主任告饶不能再喝了,王武说:"这不像当年的你啊。你记得当初我们两个人在工地上喝二锅头吗? 那时一人喝一瓶也没倒下,今天才喝几瓶啤酒就不行了? 你是不是故意跟我装深沉、摆架子啊! 我可要生气了。"

詹主任说:"我们可不能光喝酒,还得聊聊天吧。你虽然了解我的来意,但不清楚我找你真正的目的。这个忙只有你才能帮我,要不然我的一切希望都会因此而停滞不前,创业的梦想也就泡汤了。"

王武给詹主任倒上了一杯酒说:"我还真是高兴得晕了头,忘记了你的大事。你就详细地把你带领村民脱贫致富的事先告诉我,让我也感受一下你的喜悦。"

詹主任喝了一口酒,点燃了一根烟,缓缓地说出了这几年的一些经历和磨难。说到自己创业的辛酸处,他第一次在朋友面前流下了泪水。王武这样刚强的人,也被詹主任为民请命的精神感动,他轻轻地叹息道:"不是我不帮你,而是张老板那边不好交代。我名义上是小包工头,但实际还是他的下属。由于资金短缺,我根本就无法大展拳脚。我们两个就像亲兄弟一样,你的事就是我的事,可是我们目前缺少的不是情义和技术,缺的是钱啊。"

詹主任激动地说:"王武,听了你这句话我就放心了,能够与你做朋友,我一辈子都不会后悔。如果你真心真意地愿意帮我,就放弃这里的工作,我们两个人一起去创业，一定大有作为，给予你的回报我保证不会低于你现在的待遇。至于资金，我想利用你外省的身份到我们凤凰村去注册一家新的公司，到时去向政府贷款，然后生产出一批农产品，就立即上市一批，钱滚钱，我敢保证一年内就可以走上正轨。等手上的资金多了，我们再开发其他的项目。你千万别小瞧农村，我认为农村发展有前景，虽然经济落后，但这只是暂时的，一旦找准了路子，我们最想要的资源就会源源不断往我们口袋里钻。要是不放心，你可以去凤凰村实地考察，如果买不起施工设备，我们就去租。我始终认为天无绝人之路，只有想不到的，没有做不到的。如果你相信我，那么就听从我的建议，冒一次险。"

王武有点被詹主任说动了，心里痒痒的，说："只要张老板同意，我随时都可以跟你走，可他会答应吗？"

詹主任很坚决地说："你知道我已经见过张老板了，其实我能感觉得到，张老板对基层的建设还是很感兴趣的，只是人各有志，他年纪大了，没了往日的那股冲劲，想安安稳稳地过几年退休生活。"

王武又担心地问："我这班兄弟怎么办？如果我走了，他们也就干不下去了，我总不能丢下他们不管吧？"

詹主任说："你放心，我可以全部接收，我那里正好缺一支工程队。目前村里的劳动力少，男人都在外打工，你可以把手下全带上，我保证让你们这支建筑队一年四季都有事做。这里挣多少，我那里也给多少，只不过条件会比这里艰苦一些，可慢慢会好起来的。农村的空气新鲜，消费还低，也没这么大的压力。"

王武想想后说："为了你，我就甘愿冒一回险，只要你一年四季有事给我做。至于用我的身份注册，这不合适。注册首先得拿出一笔资金，你哪里有？我不跟你合伙，只给你打工，当然施工设备你得给我解决。我带领队伍帮你先干，你只负责吃住，等货上市了后，你再把钱算给我们，不然工人会闹意见的。"

詹主任得到了王武的肯定答复，高兴得无法用语言来形容，连忙向这位大哥敬了一瓶啤酒。

两人商量后，立即打车赶到张老板家中，告诉张老板他们商量的结果。

张老板听后也不怪詹顺平，毕竟他在海州随时随地都能再找到一支工程队。张老板还向王武保证，要是村里干不下去，就回海州，这里永远欢迎他。其实这也是变相地帮助了詹顺平，为詹顺平减轻压力，让王武没了后顾之忧。詹顺平再三谢过张老板的成人之美和培育之恩。

詹主任带着王武的"恒星建筑队"回到了凤凰村。一个星期的时间，养殖场的场区建设已基本成型，蔬菜区也整理出来了。他感到非常满意，如果按这样的速度干下去，一个月时间就可以把"绿色养殖场"办起来。他把施工的图纸给了王武，并谈好了价钱，施工队开始没日没夜地干起来了。整个凤凰村又回到了当初刚创业的时候，全村人沉浸在喜悦之中。

李莉看着自己的丈夫带着施工队回来，心中的自豪感无法用语言来形容。她想，如果能够顺利地发展下去，用不了多久，凤凰村真的会在丈夫的带领下，顺利走上致富的道路。她像小孩般依偎在詹主任的怀里，告诉他自己好像有点不对劲，可能是怀孕了。

詹主任听到这个消息，简直就像在沙漠中看到了绿洲一样，赶紧用耳朵贴到李莉的肚子上听，说道："好像是真的，我听到了有东西在里面动。"

李莉笑着说："真是傻瓜，目前还不确定是不是。你听到了声音，证明你太想要小孩了，我想改天去医院做个检查，这样我才放心。毕竟这可是我们来之不易的爱情结晶啊。"

詹主任幸福地笑着说："我现在真是双喜临门，想干的事已经顺利在干，老婆又怀上了，我敢肯定地说，我的好运已经来了。等过两天我们去县城购猪苗的时候，再去大医院检查，这样我才放心。乡医院我不想去，省得刘贵乍那小子老是取笑我。"

李莉也兴奋地说："真是老天垂怜，我真的感觉太幸福了。这辈子我也知足了，再苦再累也值得。哦，对了，忘记告诉你，前几天按你的意思给村民们发了半个月的工资，他们拿到钱后，干劲更足了，两天的工作量，他们一天就干完了。虽然他们有干劲，可是30万已花了很多，除了买各种材料等费用，现在只剩下10万元不到，又得管施工队的吃住，月底又要发工资，怎么办？再不及时想办法，资金链就断了。"

詹主任一听到钱，心里就开始紧张起来：施工队供养不起就违背了对王武的承诺,施工队挣不到钱随时都会撤回去;村民的工资发不出来,又辜负了村民对自己的信任。詹主任这时急得全身冒汗,想破头也想不出一条路子来。

李莉小心提醒道:"要不再去找你那些朋友帮忙,请政府支持一点,或者再贷一些款回来;同时加快猪栏的建设,一边养猪,一边施工,这样抢时间,最少到年底还可以出栏批猪,也能缓解资金上的压力。"

詹主任坐在办公室里一根烟接着一根地抽着,脑子在飞速地旋转。再想不出办法,就得被迫停工,那自己的心血将毁于一旦,以后想东山再起,那是不可能的事了。资金怎样去解决?这个问题就像是一座大山一样横亘在他的面前。

郭蓉姣和李春金走进来,向詹主任汇报了凤凰村的现状,尤其是已到播种的季节,可大部分村民的田地还荒着,如不及时播种,到时颗粒无收,后果将不堪设想。可村民都去养殖场干活了,如果召回来播种,这边的生产区又没人干活,会耽误养殖的进程。同时,生产线上也存在一些问题,有许多的老人和小孩也来养殖场参加劳动,他们的精神可嘉,然而出的力就有限了,最后领到的工钱和年轻人一样多,所以钱也用得快,场区建设速度又跟不上。

詹主任想着这些问题,头都有点快要爆炸的感觉。他喝了一口茶,叹了一口气说:"一年之计在于春,我们发动村民先干地里的活,等春耕忙完了再回到养殖场来干活。至于老人和小孩来参加劳动,真是头痛的事,如果拒绝,村民就会有逆反心理,主要还是会影响他们的积极性。要是老人和小孩一直做下去,资金上吃不消。等一会儿让郭主任在广播中反复地通知,经过村委会决定,每家每户留一人在场区工作,其他人一律回到自家的田地里去进行春耕,等春耕忙完了再回到场区里来做工;老人和小孩可以到村子周围采野菜,按斤两的多少发放相应的工钱。这份通知全村必须要严格执行,绝对不能错过这个春耕的季节。"

郭蓉姣理了理自己的发丝说道:"如果照这通知上的做,场区就没有几个人来工作了,大部分家庭只有一个劳动力,其余的基本上是老人和小孩,这样的话要按计划完工就有点困难,到时损失就大。"

李春金激动地问:"詹主任,要不我们到外村请一批人来,这样可以两不误。"

詹主任摇摇头回答:"去外村请人还是算了,当初许下了承诺,立足本村的村民。如果请回来外村的人,我就违背了承诺,村民会怎么看我?特别是我们凤凰村,人人都穷怕了,好不容易盼到一个在家门口就可以挣钱的机会,怎么能轻易地让别人干,这不是跟自己过意不去吗?这样一来,反而会引起村民们的不满,到时很难做思想工作。同时我们讲话的分量,也会在村民中打折扣,这样的话我们真是得不偿失。你们就按照我的意思办,至于如何按计划完工,我们再想其他办法。这段时间郭主任主要负责带领村民完成春耕播种和协调村里其他工作;李连长要制定出预防水库事故发生的方案,同时还要和老书记一道指挥协调施工,特别是对村民的管理,要做到公平、公正、合理,对一些滥竽充数的人要进行警告,如果没有一点改进,就不要他工作,叫他以后就不用再来了。还有一项更重要的工作,就是协调恒星建筑队,他们有什么要求,我们能够做到的,就尽量去满足。我这位朋友比我还随和,是一个讲感情的人,尤其是吃住方面一定要保障好,千万别冷落了他们。可以说,恒星建筑队就是我们凤凰村的宝,以后的发展项目都要由他们来完成。同时我还有一个想法,就是请李连长的儿子到恒星建筑队去做工,学一些技术回来,以后我们就可以成立自己的施工队做项目了。就算凤凰村以后没有施工项目,也可以跟着恒星建筑队到外面去工作,总比待在家里无所事事强吧。"

李连长感动得说不出话来,郭蓉姣笑着说:"詹主任真是想得周全,如果我家小梅长大了,你也要帮一把,别让她像我一样就好了。"

詹主任笑道:"像你一样不好吗?你可是我们村里的女强人,让女儿接你的班非常好!"

郭蓉姣红着脸回道:"40岁的人了,还什么女强人!未来是属于年轻人的,我们都会被时代淘汰。"

詹主任两眼放光地说:"我认为女人到了40岁才迎来人生中最重要的黄金时期,也是一生中最成熟的阶段,你就不要杞人忧天了。我们大家只要把握住今天,计划好明天,不管时间怎么变化,只要我们的心是年轻的,只要我们永远有追求,那我们就不会被时代抛弃。虽然目前我们遇到了一些困难,可这一切都会过去的,我相信翻过这座山,光明就会在眼前。两位请树立起信心,成功离我们越来越近了。"

詹主任参加了乡里召开的春耕会议,乡长在会上特别强调,今年是一个闰年,这给村民们带来了好兆头,各村要高度重视,立即投入大量的劳力进行春耕,争取今年全乡打一个翻身仗,确保全乡人民按季播种。乡里将派由陈副乡长带队的指导小组进行全乡跟踪服务,同时对没有按照乡里的要求及时播种的村,要通报批评,并与年终评选先进和各项补贴措施直接挂钩;对影响恶劣的村,要进行专项整顿治理。

詹主任在会上汇报了凤凰村的春耕情况,并保证一定按照乡里的会议精神严格抓好落实。会后,詹主任来到乡长办公室,把凤凰村的发展情况专门向赖乡长做了一次详细的汇报,并请求组织给予支持和帮助。

赖乡长听后很满意,鼓励詹主任继续往前走,至于如何支持帮助,可以向他汇报,也可以等陈书记回来研究决定,报县政府一起解决问题。赖乡长告诉詹主任,上次写的扶贫报告申请,已经送上去了,但是养殖场还没有成型,关键是公司还没有注册,所以上级的审核没有通过。"你现在注册最少得拿出 100 万元注册资金,我想这对于你来说是一个天文数字,所以暂时也就压住了。你还是再想想其他办法,乡党委一定会全力支持你。只要我们能办到的,你尽管申请,可前提是必须符合正规程序。"

詹主任千恩万谢地从赖乡长办公室里出来,心中还是有一点成见:赖乡长说了一大堆等于没说,问题还是要自己去解决。不过别人是领导嘛,也可以理解。他急匆匆地往前走,不知怎么回事,后背被什么人一拉,差点摔倒。他站稳身子,转身一看,陈明和谢斌在后面笑得合不拢嘴巴。詹主任故意摆出一副生气的样子,过去就擂了两人一拳,说道:"你俩偷偷摸摸地想谋财害命不成? 我身上可一分钱都没有,要命有一条,你们要就拿去吧!"

陈明大声喊道:"你少给自己贴金。你的命值几文钱? 把钱倒贴给我,我还得考虑要不要。"

谢斌用调侃的口气说道:"全乡最忙的大主任,这样急着回去抱老婆? 你去海州一趟也不告诉我们一声,你小子翅膀长硬了就不认人了? 我可告诉你,明天就跟着工作组去你们村查你。"

詹主任哈哈大笑道:"你查我?开什么玩笑!我能有什么问题?我还正想请人来查查我,让大家都知道凤凰村有一个一心为民、清正廉洁的詹主任呢!"

陈明有点生气地说:"你小子,给你一点阳光,你还真以为是笑脸呢?走吧,到陈星那儿去,给我们汇报你的工作进展,尤其是下一步你将如何解决资金的问题。"

一帮人在陈星的办公室里,聚精会神地听詹主任侃侃而谈。之后,陈星很痛惜地说道:"你在海州期间为什么不请张老板进行一部分的投资呢?你只知道要别人的建筑队,却忽视了最关键的问题。你应该先邀请别人过来看看,不实地考察,哪个老板愿意冒风险?你目前唯一的途径就是到县城的大银行去贷款。"

詹主任想了想说:"我也想到银行去贷款,可我凭什么去贷啊?我拿什么做抵押呢?"

谢斌突然说道:"能否请陈局长出马,从中牵个线,我估计按目前的工程进度,最少还得投资 30 万。"

陈星摇摇头说:"这条路怕行不通,目前陈局长也去党校学习了,他可能要调到上一级岗位去工作,这段时间最好不要去打搅他。更何况我也不同意这样做,毕竟这有一定的风险,我们再想其他办法吧。"

刘贵乍紧张地问道:"那怎么办?总不能眼睁睁地看着詹顺平走投无路吧?我在县城建行有一位朋友,但他只不过是个小小的业务经理,不知能不能帮上一点忙。"

陈明颇有感触地说道:"只要认识人就行,我们还是去试一下,怎么样?"

最后,大家一致同意试一下。

7

詹主任带着李莉和刘贵乍来到了县城,喊来了黄站长,然后中午刘贵乍把他在建设银行工作的朋友邀了出来。刘贵乍简单说明了来意,请这位叫沈中华的朋友帮忙。

沈中华有点为难,自己只是一个业务经理,要贷 30 万元还真没这个权力,必须得行长同意才行。

刘贵乍小声地问道:"行长好说话吗?"

沈中华沉思片刻后回道:"行长为人很正直。不过我可以带你们到他家去试一下,只要他签字同意了,我就给你们贷出来。成不成功不敢打包票,一切得看你们的操作,我能帮的也只有这些。"

詹主任返回医院接李莉,化验单上真真切切地写着孕期已有 50 多天了。他抱着李莉就在医院门口转圈,一种无言的幸福感油然而生,此刻就算天大的困难对他来说也不过是小事一桩。

刘贵乍看到了化验单大骂道:"你小子,有这样的喜事,竟然不告诉兄弟,而是偷偷带来县城检查,想逃过我这一关对吧! 这回你可得请客。"

黄站长也在边上笑得合不上嘴,一个劲地说是该请客。

詹主任高兴地说道:"行,等钱贷出来了,请你们吃遍整个县城的美食。"

黄站长带着一行人回到了家中,黄大嫂早早就做好了晚餐。詹主任看到黄大嫂的肚子像个冬瓜,就笑道:"你也不够意思,大嫂都快临产了,你也不透露一点风声。"

黄站长不好意思地说:"我是想等孩子生下来再告诉你们,来个惊喜,谁知现在就被你知道了。好了,我们还是先吃饭,等会儿先养足精神,再去见行长。"

刚吃饱饭,沈中华就打来电话,让詹主任马上过去。詹主任跟着沈中华来到了行长曾军的家中。

詹主任见了行长,心里非常紧张,两只脚不停地颤抖着。他稳了稳身子,深吸了一口气说:"曾行长好,我是凤凰村的村主任詹顺平,这么晚了还来打搅你休息,真是对不起,还望行长能够给我几分钟的时间,有一事要您帮助。事情是这样的……"詹主任把凤凰村绿色养殖场的开发情况向曾行长详细汇报了,同时把这次来的目的也提了。

曾行长听得很仔细,思考了几分钟后才回道:"詹主任,你们凤凰村自主创业的事情我也听说过一些,尤其是你本人好几次成为县城关注的焦点。至于能否贷款,我很难一下子给出答复。一来没有对你的养殖基地进行考察;二来你的公司也没有成立,到时有没有能力偿还,目前用什么来作抵押,很多问题还得进一步梳理、评估才行,所以这个忙很难帮。"

詹主任一听到这些话,仿佛泄了气的皮球,但他也觉得曾行长的话很有道理,他凭什么要给自己贷款,凭什么要去冒这个风险。

詹主任还不死心:"真希望行长能够给我指一条明路,你能帮我渡过这个难关,我詹顺平一辈子都不会忘记你的大恩大德。今后只要行长有需要我效劳的地方,你一声令下,我愿意为你鞍前马后做任何事。"

曾行长说:"任何程序都要依法操办,我也同样不能越权。其实你的事我也听说了,你是真心为老百姓干事的村干部。这是很难得的,我由衷地感到欣慰。最主要的还是你做人讲信用,你们凤凰村也的确不容易。这样吧,我还是决定帮你一回,但你必须以基地作抵押,期限为一年,到时没有偿还贷款,后果你是知道的。"

沈中华从包里拿出早就拟定好的合同递给了曾行长。曾行长一看只是贷款 30 万,便爽快地签上了自己的名字。

詹主任很激动,嘴里不停地说谢谢,谢谢曾行长的照顾和支持,弯腰拱手行感谢之礼。沈中华见状,拉着詹主任就往外走。詹主任也许被喜悦冲昏了头,竟然站在原地傻傻地发呆,良久之后才说道:"再次感谢行长,我保证会兑现自己的诺言。行长,那我就先告辞了。"

回到黄站长家中,大家都为他捏了一把汗,一听到行长同意贷款了,都非常高兴。詹主任把前因后果细说了一遍,并且说道:"这 30 万可以应急一下,但要按照我的计划还远远不够。我想一边养猪,一边搞建设,这样就可以减轻一部分的压力。"

詹主任转头对黄站长说道："黄站长，我又要请你帮忙了，这个忙也只有你能够帮我，而且非帮不可。我想从你这里弄一批猪回去，钱我暂时赊着，等卖出了猪，再付钱给你。我的为人你也知道，绝对不会让你为难。"

黄站长爽快地答道："虽然这事还要请示我的上级，但你要多少只，我保证尽全力给你按期送去。"

詹主任说，"4 天后你给我先送 10 头母猪、500 只猪崽，还得请你们上次来的两位技术员再去一趟村里指导。"

黄站长笑道："行，没问题。"

第二天上午，詹主任到银行办了一系列的手续，剩下只等银行放贷转账就行。詹主任和李莉回到了凤凰村，他先把妻子送回家安顿好，并再三叮嘱她要在家好好休息，严禁她做任何家务活，就连做饭也不准做。他快速地干完家里所有的家务活，做饭、洗衣、喂猪等。他由衷地感到自己即将成为父亲的喜悦，边干活边哼着歌。李莉看着眼前的男人，脸上发自肺腑地高兴，心里也暖暖的。

詹主任干完家务活，便马不停蹄地赶到养猪场。詹主任和王武商量着如何快速地扩建猪圈，过几天母猪和猪崽就要来了，可不能无圈可关。

王武说："刚来的时候觉得人手多了，到处都是闲杂人等，后面为了节约开支，支走了大部分的人。想要这几天时间建好这些猪圈也不是没有可能，只是必须保证人员充足，最起码保证一个猪圈要两个人同时修建，而且不能请外村的石匠，因为工钱太高了。要不这样，把全村的男女老少都拉来帮忙，支付一点辛苦费。凤凰村由你说了算，还需要你做主定夺。"

詹主任叹息道："现在是春耕季节，前几天乡里刚开了会，各个村必须保证先播种，其他的一切工作都得往后，同时还派出了工作小组下到各个村进行检查、监督。我们村是一个大村，田地多，如果因为建场区的事耽误了播种，那后果很严重，村民的损失无法估量！你想想，就现有的人晚上也开工，村里人采取自愿原则，来打打下手，是否可以完工？"

王武说："很难，关键是看村民的干劲和毅力。这不像在海州工地上，环境好、条件方便，这里黑灯瞎火的，干活看不见，进度慢。最重要的是，你比我更清楚,我们这里几乎仅靠手工操作,怎比得上机器呢?我认为还是一天分两半,上午村民下田地干活,下午村民来场区搞建设。愿意晚上加班的村民按一天的工资算,这样也许可以达到你要的效果。"

显然,詹主任还是不愿耽误村民们的播种,不能本末倒置。他低声说道:"那再考虑考虑,想想办法,也要村委会研究研究。"

随即,他从挂包里拿出了一条烟给王武,并说道:"这段时间辛苦你了,我忙着到处筹钱,这里的事情都是你一手操持,辛苦了,这算是一点点慰问品吧。"

他又拿出5万元给王武,说道:"这是一部分工钱,你先发给工人,不然他们会有想法,这样会影响工程进度。"

王武乐滋滋地收下了。

詹主任回到办公室,立即找来两个村干部,向他们讲述了这些天到县城筹钱的经过,并重点说明了第一批猪4天后就运到,现在要赶着建猪圈。可目前人手不够,又是春耕的重要时期,乡里抓得很严,怎么办?

两位村干部沉默了许久,没有一个人先说话。他们也不知道如何解决这个问题,毕竟之前刚下通知让村民们先播种,现在又要变卦,何况播种是排在首位的大事。

詹主任也有些沉不住气了,就把王武的建议说了出来。陈副乡长那儿就由自己去做工作。"我保证不会让村民误了播种的季节,同时又能让他们挣到钱,不知两位意下如何?"

两个人异口同声地说道:"同意,一切听从主任的安排。"

詹主任激动地说:"这段时间可能工作会更加繁忙,二位的压力也会随之增大。但我想,只要我们同心协力,一定会渡过难关。等一会儿郭主任把刚才的决定告知全村,大力地宣传好,这样能够鼓舞村民们的斗志。"

4天时间内,村民们夜以继日地奋战在田地与场区之间,像个织布梭子一样忙碌着,一栏栏猪圈相继建了起来。詹主任站在水库堤坝上,像欣赏杰作一样长时间地看着,心里美滋滋的。

王武指挥的挖土机隆隆作响,始终没有停过。

李大水就像一位将军,站在场区的中央,指挥着村民做事。

　　郭蓉姣带着中年妇女和小孩，从山里采回来堆积如山的野菜，为养猪场的几百头猪准备着充足的食物。

　　李春金维护着现场的生产安全，把村民安排得井井有条。

　　整个养殖场在短短的几天内发生了翻天覆地的变化，比当初更加宏伟和壮观。一排排整齐的猪栏就像工整的积木，排列在水库下面空旷的地面上。

　　第4天的下午，黄站长就把詹主任要的生猪如数运到了凤凰村，两名技术员也一同来了。詹主任组织人把猪分开圈养，在每一个食槽里都按技术员的测量指标放进了等量的猪食。

　　黄站长开玩笑地说："詹主任，这回你可要盯紧点，要投入加倍的精力养猪，争取第一批出栏就可以还清所有的贷款。对了，我还带来了80多种蔬菜种子，你可以组织人播种。这种菜籽，生长时间短、见效快，你可要把握好季节，别错过良机啊！"

　　詹主任真不知道该如何感谢黄站长。他有种想哭的感觉，这样好的朋友，这样讲感情的人，自己能够结交上，真是自己的福气。他紧紧握着黄站长的手说道："谢谢！谢谢！"

　　黄站长爽朗一笑道："是朋友就不用言谢，只要你的事业创办起来就好，加油吧！"

　　詹主任送走黄站长后，立即回到场区。想到一下子进这么多猪回来，怎么去养，需要多少人手，他的心中没底。李莉走过来说道："顺平，以后我就住到这里来，反正你不让我干活，那我看住这些猪总可以吧！"

　　詹主任坚决地说："你怎么也来了呢？不是要你待在家里别出来吗？你呀，还是待在家里好。这水库堤坝上风大，你的身体吃不消，也别把我的孩子冷着了。你要听话，我保证到时有事给你做。"

　　李莉高兴地问："真的？那你不能骗我哟！"

　　詹主任笑道："我向你保证，你回到家中管理好账目，每个月底给工人发工资，这可是比任何事情都重要的，你管理好了就是最大的功劳。同时，你还要监督厨房的人把恒星建筑队的伙食弄好，一定要让他们吃饱吃好，我们的工程全靠他们干下来，因此，你的任务也很艰巨。"

李莉兴奋地说:"行,我就给你分担这项任务。"

其实李莉也知道,干好这份工作不容易,如果有一点差错,就会造成很大的损失。丈夫也很忙,唯一放心的也就只有自己了。她想想还是感到非常幸福,从这件事上就可以证明丈夫是真正爱自己的。

她转过头看着整整齐齐的猪圈,每个猪圈里都养着两头猪。她开心地说:"从此我们的生活将变得更加美好了。顺平,我认为现在猪还小,可以在每个猪圈里放 4 只猪崽,等长大了再分开,这样有利于节省人工,同时猪崽在抢食中更容易长大,要不然这么多猪圈,怎么去养?何况目前也只能立足人工饲养,需要很多的人力。如果按我的意思,这些猪崽只要用 200 间猪舍就可以了,其中每个工人分 20 间猪舍,只要 10 个人就可以完成,你想想这样会节省多少工资啊!"

詹主任立即按照李莉的建议,给猪崽并圈了,剩下的他预备着再进一批猪崽。他的设想是:养殖场至少要有 1000 栏猪圈。

大部分村民回地里干活去了,好在养殖场的建设已进入收官阶段。王武的建筑队按照詹主任的意思,给每栏猪圈装上了水龙头,从水库里引来洁净的水顺流而下,这样冲洗猪舍既方便又干净卫生。建筑队还挖通了紧急救援通道,万一水库发生了险情,把通道打开,水库里的水都只会从山间的排洪道流走,淹不到猪。

不久,绿色养殖场终于建成,1000 多栏猪圈像一支排列整齐有序的队伍,十分壮观。近 100 头母猪已有 50 头产下了猪崽。蔬菜区也是绿油油的一片。

詹主任和王武站在水库堤坝上,眺望着这几个月来辛勤劳作的成果,不由得发出了一声大笑。

王武很小心地说:"詹主任,这边的事也忙完了,没事的话我就回海州了。"

詹主任说:"王武,我说过只要我有一口饭吃,就不会少你一口。再过两个月我的第一批肉猪就可以上市,大批的蔬菜也陆续进农贸市场,你应该分享我们的劳动成果,怎么能急着走呢?何况,你们现在走,还有工钱没有结算,我还欠你们 5 万多工钱,你不想拿着钱走?不是我吹,我这个村马上又有项目开工,你们这支工程队也许5年都不一定干得完。这样吧,你在场区帮我整理一片平地出来,目前养猪场建好了,可是场部连一间办公室都没有,这还叫什么养殖基地啊?"

王武并不想在这里干下去,海州的条件比这里好多了,但他心肠软也很重情义,况且确实工钱也没结算,听詹主任这么一说,只好又留了下来。他开动所有的机械,干起了平整山头、填充沟渠的活,心想把山头、沟渠平整出了一大片来,你总该让我们走了吧!

他这么想,未免就简单了一点。詹顺平有他的打算,只想着把这支有基建经验的队伍留下来,成为凤凰村未来的企业。他有一个大胆的想法:成立凤凰村建筑公司,让王武当公司总经理。

詹顺平有着超前的思维,他想,20世纪90年代以前的特区,不也是一个普通的渔村吗?和现在的凤凰村没有什么两样,但未来的凤凰村,为什么不能成为现在的特区呢?未来的凤凰村,何尝不是万千人向往的地方呢?这么一个漂亮的名字,应该招来无数只美丽的凤凰!

詹主任把李春金叫来,要他好好地配合王武施工,越快越好。具体怎么建办公室,就由王武设计好方案,等詹主任觉得满意了就开始动工。詹主任还承诺,等大批农副产品上市后,第一件要办的事就是修马路,从村到乡,小组与小组之间都要通路,到时长年累月都有干不完的项目,何愁会没事做呢?

詹顺平偷偷对王武说:"你在这里挣的钱多,挣再多都是你自己的,而回到海州的话,张老板那里要是不缺工程队,就需要重新来找业务。现在农村的业务这么多,你完全可以投资一个公司自己当老板,没有必要永远在张老板的手下干。虽然我这里的工钱还不能一步到位,但你应该相信我决不会食言,我宁愿自己吃苦受累,也不会做对不起你的事。"

王武就像被詹主任灌了迷魂汤一样,最终还是高高兴兴地留下来了,很快就带着工程队干了起来。

李大水看着李莉的肚子一天比一天大起来,幸福是无法言表的。他每天主动做家务,还要去村部教书,可他依然没有感到一丝的疲惫,天天都带着微笑出现在村民的眼前,改变了以往那种居高临下的威严形象。现在村民也敢接近他,觉得他和蔼可亲了,小孩都叫他书记爷爷,李大水也很乐意听到这样的称呼。有时他一高兴,还会拿出笛子给村民们吹上一曲,或者拉着二胡唱民谣,整个人仿佛变得更年轻了。一些和他同龄的人,也很愿意和他下下象棋、吹吹牛,甚至心血来潮时,几个老人跑到水库堤坝上钓钓鱼。这样清闲的日子,他之前是没有享受过的。

詹顺平三天两头往乡里跑,不是参加这个会议,就是去参观别的村,有时回村还要处理一些村民间的纠纷。但不管多么累,他坚持每天都在水库过夜。

同时,詹主任还规定谁养的猪谁负责,不能像以前家里养猪那样,饱一餐饿一餐的。发现了问题要立即汇报,要是不报告,出现了问题由饲养员负责,到时不仅领不到一分钱工资,还要受到相当严厉的惩罚。所以十个饲养员的责任心也加强了,他们生怕自己养的猪会出事,就搬到了养猪场来生活,吃喝拉撒都在场部,每天轮流站岗执勤。

李莉摸着自己圆鼓鼓的肚子,脸上却有一丝沉闷,没有往日的阳光。詹顺平平时很忙,他很多天没好好在家吃过一顿好饭,睡一个完整的觉了。每每想跟他说几句话时,还没说上三句话,就能听到靠椅上的呼噜声了,原来他挨着椅子便睡着了。李莉既生气又很心疼他。其实她怀孕以来更依赖他了,总想有丈夫陪在身边。她明明知道他忙,却还是很委屈,感到无比孤独和寂寞,有时还莫名其妙地落泪,真想找丈夫谈谈。可是,她很怕影响到丈夫的工作,这种前后矛盾的心理,让她每晚都睡不着,有时还做噩梦。几个月下来,肚子逐渐地大起来,可自己却消瘦了,脸色也不好看。

詹主任从乡里开完会回来已是黄昏时分了,他特意到市场上买回了一只母鸡。走到家门口,见李莉坐在门口发呆,他很是疑惑。

詹主任盯着自己的妻子看,她也毫无反应。妻子的一反常态让詹主任高度紧张。他知道不对劲,以为是她哪里不舒服,便提着买的鸡说道:"你怎么了,是不是哪里不舒服? 我可是特地买了老母鸡,要好好给你补补呢。"

李莉毫无征兆地吼叫着:"我是非得需要你买什么营养品回来吗? 我需要的是你多一点时间陪我,哪怕是一个晚上也行。可这几个月里,你从来都没有真正关心过我,每天都往外跑。尽管我知道你工作重要,可老婆怀孕也

▼凤凰村

需要你的照顾、关心,可你呢? 做得怎么样? 这段时间,我心里好烦,感觉吃什么都没胃口,或许是正常的妊娠反应吧! 但你也总得陪我聊聊天吧,我整天被关在房间里,都快闷死了。"李莉说着哽咽起来。

詹主任抬起头看李莉,她真的消瘦了很多。他心里有点惭愧,忙得把妻子忽略了,何况妻子正怀着他的孩子。其实生活中并不需要给对方什么,最亲爱的人需要的是能够多陪陪他们。詹主任用手抚摸着李莉的头,并为她擦拭着脸上的泪,蹲下身子将李莉搂进怀中,语气格外的温柔:"确实这阵子忽略了你的感受,我向你道歉。对不起,以后我一定会抽出时间来多陪陪你,但是你要答应我三个要求。"

李莉闻声道:"哪三个要求?"

詹主任想想后说:"第一个要求是你每天都要保持微笑,第二个要求是你每天都要笑,第三个要求还是你每天都要笑。"

李莉扑哧一声笑了,笑后又哭,像一个天真的孩子。其实李莉很容易满足,只要他随意的一句话、随便的一个动作,即使内心再委屈,所有的坏情绪立马烟消云散。

几个月的时间很快就过去了,猪在两位技术员的指导下迅速长大,蔬菜的成长势头也非常喜人。詹主任的脸上乐开了花。他立即找到陈星,由他出面找县农贸局的人来收购。

在陈局长的指示下,这次农贸局属下两位经理带着车队把第一批农牧产品全部拉走了。经算账,肉猪获利120万、蔬菜获利10万,共计130万元,除去50万元贷款、40万元成本,还有建筑队的50万元,最终只剩下10万元的欠债。

詹主任想,银行贷款的期限为一年,现在才半年,不急着还,先把猪苗和建筑队的钱付清。剩下40万元,他又叫黄站长拉回了第二批猪崽,因为村里养的母猪只生下了500只小猪崽。如果再购一批猪崽就可以保证今后每批出栏都有1000头以上。

陈星几个人来到场区,衷心地赞叹:"你小子还真行啊,没有白帮你,现在刚起步,我们就不催你,下回你可得还我们钱。"

詹主任笑道:"大家就放一百个心好了,钱如果还不上,那不还有猪啊!

你们要就尽管拉走好了,别以后说我不讲义气,吃到了甜头忘了苦味。但话又说回来,你们还是别把钱撤回去,以后挣了钱我给你们利息。"

谢斌骂道:"你小子,还教训起我们来了。"

黄站长的第二批猪崽也很快运到了养猪场,詹主任想,如果第二批猪上市,是不是自己可以撤开农贸局呢?这样做少了中间一道程序,自己所挣的钱也会更多一些。但如何去找销路呢?他估摸着,可能是养猪场的招牌还没有打出去,如果打出去,经销商一定会找上门。他决定自己去找销路。

可是,如何去找销路呢?詹主任坐在养猪场对面的木头亭子里,久久地思索着。他思前想后,又到县城的猪肉摊上找一些卖肉的摊主了解,最终他得到的答案是:县城所有的农产品由农贸局统一调配,局长掌握了调控大权,并且价钱都比出货提高了三分之一。

想到自己出栏的一批肉猪,最少可以让农贸局挣上50多万元,利润几乎是百分之百;而辛辛苦苦养猪的凤凰村人,忙活了几个月下来,除去一切开支和成本,挣到的钱竟然还不如农贸局挣到的一半:这让詹主任心里很不平衡。他实在想不通,自己辛辛苦苦、夜以继日地干还不如别人调一批货挣得多。

詹主任开始有自己的想法,他要把产品销往外地。他到处找销售点,可每到一处都同样要收手续费,最后詹主任想到张婷婷的男朋友是海州农贸局的副经理,詹主任仿佛看见了救星一样,急忙联系这条渠道。

詹主任把这一想法跟朋友们说了,陈星听了很不赞同,说:"眼下销售到海州的利润会高一点,但从长远看,我们是一个落后村发展的企业,首先得借助当地政府的支持,才能够顺利地走下去,县一级就是我们企业的咽喉,如果把咽喉这道气管给封死了,试想一下,以后凤凰村还有发展前景吗?何况这个养猪场目前还没有注册,随时都有被取缔的可能,我认为还是立足本县,把招牌在县城之内打响,逐步地往外扩展,才是最好的方法。"

陈明想想后也说:"我赞同陈所长的建议,商场如战场,一步走错就满盘皆输,到时血本无归。现在养殖基地的基础建设已经成型,我提议赶紧注册,然后再次申报扶贫企业,这样就可以免交税收好几年,同时还可以无息贷款。"

　　谢斌也说："陈局长已经调到市里担任副局长了，找找他现在应该可以批下来。何况他对凤凰村的发展是非常重视的，他也到村里考察过多次，这事陈所长可得出马了。"

　　陈星说："我试试看吧。"

　　等詹主任回到家中，已经是深夜了。随着预产期的临近，李莉的脾气变得更加暴躁。她很不高兴地说道："你啊，这么晚回家，你不为我着想，也应该为孩子着想呀！你再这样下去不收敛一点，以后孩子会怎么想。以后你所用的每一分钱都要拿单据回来报销，要不然我就不准你取钱。"

　　詹主任压根没有理会，躺在床上呼呼大睡了。李莉无奈地摇摇头说："难道男人有了钱就会变坏吗？"

　　第二天早上醒来，詹主任就看见李莉脸色发白，全身抽搐，整个人疼得扭成了一团。詹主任吓坏了，慌了神，连忙叫老丈人进来。老丈人是过来人，一看就知道李莉是早产的征兆，马上组织人把李莉送到乡卫生院。

　　刘贵乍院长亲自带着医务人员给李莉做检查。半个小时后，他出来骂道："詹顺平，你浑蛋，再晚一点送来人都没了。老婆临产也不注意，你还是男人吗？现在要立即做手术，但这里技术条件差，我没有十足的把握。要送县医院已经来不及了，到时大人、小孩都难保。我建议还是冒一次险，就在这里做了。你自己赶紧下定决心，做出选择，如果相信我就签个字，信不过我就赶紧送县医院。"

　　詹主任连考虑的余地都没有，就迅速签上了自己的名字，只说了一声："我相信你，不管是什么样的结果，我都不会怪你。两个人都能保住是最好的结局，如果只能保一个，就保大人吧！"

　　詹主任站在手术室外焦急地等待着，心仿佛要跳出来了，都怪自己一时疏忽，没有做好准备。詹主任双手拼命地抓着自己的头发，真想一把一把地把头发全抓下来，把整个脑袋都抓掉，可是脑袋长得太硬了，怎么抓也抓不下来，就算真的抓下来了又能改变现实吗？詹主任一根接着一根地抽着烟，他真想把心中的愤怒给发泄出来，可又能发泄到哪里去呢？

　　郭蓉姣和李春金也赶来了，他们只能站在走廊上默默祈祷，祈祷詹顺平和李莉好人有好报。詹顺平的朋友们也闻讯赶来，都在安慰着詹主任。

"生孩子有啥害怕的？正常得很，我们的老婆都生了孩子，当时叫得震天响，可过了一个月，什么痛啊，怕啊全都忘了，还神气得不得了。"

长长的手术室外走廊上，挤满了等候的人。一个小时过去了，还是没有一点音信，詹主任又不敢敲手术室的门去问，怕影响手术。他想，早知如此，当初宁愿什么都不要，就专门陪李莉，等她生下小孩后再干事业。可一切都晚了，后悔又有什么用呢？等待的时间是如此的漫长，仿佛经历了几个世纪。所有人的目光都聚焦在手术室的门上，都希望把这扇门望穿，看看到底什么情况。

3个小时过去了，手术室的门终于"吱"的一声打开，刘贵乍白色的工作服已经变成了红色的血衣。他走出来，詹主任也管不了那么多，一把就把他拉到自己的身边急切地问："怎么样？"

刘贵乍反问道："你说呢？"

詹主任想冲进去看却被刘贵乍拉住了，说道："现在不能进去，刚动完手术，让她休息一会儿。"然后，他转身向大家说道："我向大家宣布一个好消息，刚才手术很危险却非常成功，大人、小孩都保住了，是一个大胖小子，恭喜恭喜啊，詹主任还是很有福气的。只是李莉大量出血，现在非常虚弱，要好好照顾。"

詹主任大笑起来，紧紧地抱着刘贵乍，说道："我的好兄弟，大恩人，以后你就是我儿子的干爹了。现在我没有什么送给你，那你就先送点什么给干儿子做见面礼吧。"

刘贵乍笑道："你别在这里忽悠我了，先让我去休息一下，我跟生孩子一样累。"

大家被刘贵乍逗笑了。过了一会儿，李莉被护士推了出来，呼吸很微弱，正在沉睡。婴儿被护士抱着，很小很小，头顶的胎脂让他看起来像个小猴子。

詹主任在李莉的脸上轻轻地吻了一下，还想去抱儿子，却被护士拦下了，说："你看了一下儿子就可以了，我们还要给新生儿做检查。"

詹顺平笑得下巴都快掉下来了，大家都凑过来，一一向詹主任道贺，朋友们都争着要做干爹。

凤凰村

半个月后,李莉也出院了。她身体还很虚弱,没有母乳,小孩只好喝牛奶。詹主任在家陪妻子的时间也多了一些,还亲自下厨给李莉煮有营养的食物补身子,有时还请郭蓉姣回家来帮忙。李莉在丈夫的精心调理下,慢慢地也可以出门到外面养养神、呼吸呼吸新鲜空气了,孩子也有母乳喂养了。

在陈星的帮助下,养猪场的手续终于批下来了。詹主任用第二批农产品上市得到的利润,先把银行的贷款还清了,然后将凤凰村农业开发公司进行了注册,注册资金200万元。

见凤凰村的发展势头很好,银行给凤凰村农业开发公司发放了100万元无息贷款。事办成后,行长和信贷股长还留下了一句暖心的话:"公司需要资金的话,我们可以再放300万元低息贷款,银行保证为你们鼓足航行的风帆!"

县、乡政府更是承诺,为了凤凰村农业的发展,工商、税务将按照扶持政策的要求,三年之内免除一切税费,而且公职人员不得私自进凤凰村吃拿卡要,不得强行摊派和干涉正常的经营活动。凤凰村有从海州引进的建筑公司,相当于是招商引资的成果,县、乡决定重点加强保护。

有头脑和有前瞻性的詹顺平棋高一着,到海州请来的建筑工程队有效发挥了作用,凤凰村名正言顺地成了招商引资的模范村,得到了县、乡政府的大力支持。

这样一来,詹主任手上的资金绰绰有余。目前公司的第三批猪,自产的有1000头,再从黄站长畜牧站拉回2000头,他想在第二年的春节期间彻底打一个翻身仗。

然而猪养多了,山上的野菜都被采光了,地里种的蔬菜又是有季节性的,不能一年十二个月都有猪食保障,这让饲养者感到为难。这么多的猪用什么去养,如果一味地用粮食精饲养,那么成本就太大了,付出的代价也太高了。

这可是目前詹主任遇到的最大难题。随着养猪产业的进一步扩大,3000多头猪使用人工喂养不是一个长久之计,必须要从长远考虑。现在的产业就像滚雪球一样,越滚越大,利润越高风险越大啊!焦虑就像一团火,炙烤着詹顺平。他肩负着全村的命运,只能成功,而随着产业越来越大,明显感觉自己有些力不从心。他为全村产业规划殚精竭虑,这阵子饭吃不香,觉也睡不着。

李莉察觉到了丈夫的焦虑和担忧,很是心疼,想着能为他做点什么。她猛地想到,自己想不出来,咋不去别的县城农业产业园学习学习呢?

吃晚饭时,李莉说出了自己的想法。她看着丈夫脸上的神情,怯生生地说:"顺平啊,现在村里的产业越来越大,我在你身边也增长了许多的知识。我想,是不是你也可以去别的地方参观参观、学习学习?"李莉生怕自己说的话会惹他不高兴。詹主任的脸上并无波澜,心里却在想,自己没读大学,很多方面还很欠缺,李莉说得对,确实要抓紧时间学习了。

第二天天还没亮,詹顺平就出发了。至于去哪,他都没来得及跟李莉说。他跑到市里去了。他先去了市政府,在工作人员的多番指引下,找到了负责对口的单位。他虽说已经与很多领导打过交道,却还是有一点胆怯心理。他内心有一丝惶恐,心想要是有一个熟人带着就好了。最后,他硬着头皮,找到领导介绍及说明村子面临的困境。领导听说了凤凰村的故事,很有兴趣地与詹顺平交谈了起来。领导很重视,也很欣喜。

詹顺平后面才得知这是农业局的范局长,正抓乡村振兴工作,算是找对了人。在范局长的安排下,刘科长带詹顺平先后参观了全市做得最好的几个农业示范产业园,这让他大开眼界。他边参观边思考,对凤凰村有了新的思路。

一晃已过了三天,村里的大伙儿急得像热锅上的蚂蚁。去找詹主任时,李莉支支吾吾地也说不出个缘由来,大家琢磨着村里是不是出大事了,詹主任逃跑了,那么村里这摊子事可怎么办啊!

好在詹主任又回来了,大伙的心才安定下来。詹主任还带回了2台加工饲料的机器。

有了加工饲料的机器,村里就可进行饲料加工,要用多少就加工多少,还保证了饲料的新鲜程度,对猪的生长十分有利。

詹主任把机器安置在建办公楼的地方,立即让王武先建厂房。他的急性子让王武不得不带着工人通宵达旦地干。机器在外面日晒雨淋,王武也不忍心啊,他早把自己看成是凤凰村的一员了。

▼
凤
凰
村

117

詹主任请市里派来的技术员,好好培训村里的乡亲操作饲料加工机器,组织了十多个村民进行学习,直至熟练操控机器为止。等机器安装到位后,凤凰村就可以开工生产饲料了。

经过十多天的培训,参加学习的村民都掌握了基本的操作。王武带着恒星建筑队加班加点地建好了厂房。仅仅一个月的时间,饲料生产加工厂就建立起来了。

然而饲料的自产,还是不能满足3000多头猪的一日三餐,从外地购进的原料很快就用光了,詹主任真是心急如焚。多番努力下,市领导联系推荐了外省一家规模宏大的生产基地,让他专程去那里学习如何立足凤凰村的资源生产饲料。詹主任让同去的人到流水线上学技术,而自己却在场区找专家咨询如何用新鲜草本植物等生态资源加工猪饲料,玉米的掺入比例应该是多少。他想要拿到配方,但涉及商业机密,对方并没有告诉詹主任具体的数字。

詹主任不想再拖延时间,在这里多耽误一天,成本就会增加一天。他实在憋不住了,托了各种关系终于找到厂长。在围追堵截和软磨硬泡下,厂长终于开了口,同意厂里安排专家到凤凰村去进行现场指导。詹主任承诺一切费用由自己出,以后生产出来的饲料全部自产自销,不会出售。

在詹主任的坚持努力下,厂家终于派出了一名饲料配制专家来到了凤凰村。在专家的指导研究下,野菜、谷糠、玉米、红薯、树叶、禾秆、青草等都成了加工原材料,混合生成了高营养的猪饲料,从机器里呈颗粒状地吐了出来。詹顺平用双手捧起带着热气的颗粒饲料,忍不住放到鼻子下面闻了又闻,香得很呢。他激动得像个孩子一样,伸出舌头在饲料上舔了又舔,感觉有一点甜丝丝的味道。

有了这种混合性的绿色高营养纤维饲料,凤凰村就是养一万头猪,也不再担心猪缺吃的了。山上长的、水里长的许多绿色植物,都可以加工成为饲料。

所有的猪都很喜欢吃这种饲料,经过半个月的跟踪观察,这种新型饲料比市面上的其他饲料更适应猪的胃口,猪吃了睡,睡了吃,肠胃消化快,大便松软,毛色变得光滑,简直是一天一个样,连饲养员都觉得不可思议。

詹主任松了一口气,他发动村民全部上山下湖采集各种绿色植物,按重量收购,就连湖里生长茂盛的海带草、菱角藤叶,池塘里的水葫芦等,都是很好的原材料。在机器加工的过程中,高温已经杀死了附着在植物上的寄生虫,猪的疾病减少了,防疫工作好做了,猪的死亡率降到了最低。

一段时间后,全乡许多的乡亲送来了各种绿色植物,把打猪草当成了一项家庭副业来做,农忙的时候务农,农闲的时候打猪草。他们挑着一担担植物而来,拿着钱回家去。

詹主任让王武建了一个外仓库和一个内仓库,半个月不到,打来的猪草将两个仓库都堆满了。他及时要求,饲料生产加工厂必须24小时工作,人员分"三班倒",工厂在村民詹小虎的全力操办负责下,有条不紊地做起了流水线的工作。

年底了,詹主任忙前忙后,现在的绿色养殖场才算是真正成型了。他在想,来年一定要把品牌推广出去,让更多的人知道绿色产品的好处。同时,他计划卖了第三批货上市后,就投钱修路,把凤凰村变成一个交通方便的村庄。

第三批货也很顺利地在农贸局的协调下上市了,猪、蔬菜、鱼,农贸局整整拉了3天才拉完。猪的利润为260多万、蔬菜为50万、鱼为50万,共收入360万元,除去所有成本,这半年挣到了100万元,这是他做梦也没有想到的事情。

李莉更是激动得流出了眼泪,高兴地说道:"顺平,你终于可以带我去整容了,这可是你当初的誓言,现在你可不能食言。"

詹主任想着现在离过年只有半个月,过年事多,加上儿子还小,李莉还要奶孩子,走不了,干脆拖到明年再带李莉去整容。这事重大,可不能马虎,又不是在脸上贴块皮就可以的,得从从容容地把李莉的脸整秀气了,恢复她的美丽容颜才对。

詹顺平抱着孩子回答妻子:"行呀!等明年一定完成你我的心愿!"

"现在就可以去,我都等不及了!"

"离过年只有一个多月了,村里的事太多,我走不开。"

"你答应过我的,有了钱就要去整容。"

凤凰村

"对,我答应过的,明年一定实现这个愿望。"

"不,我要马上就去。"

女人的犟劲上来了,詹顺平毫无办法。

詹顺平语气平和地问:"儿子还没有断奶,一天都离不开你,我们走了儿子吃什么?儿子谁带?而且我们也不知道去哪家医院整容啊。"

李莉以商量的口气说道:"又不是去很长时间,几天就可以回来,我们把小孩一起带去,去大城市找医院怎么样?"

詹主任说:"带小孩去肯定不行。你想想,整容肯定要住院,难道连小孩也抱进医院去住吗?再说我也忙不过来啊,我想等明年儿子一岁半了,可以让郭蓉姣帮忙照顾几天。"

李莉虽然迫不及待地想要去疤,她真的不想等了,但碍于儿子还小,所以还是答应明年去。

但第二天下午,詹顺平气喘吁吁地跑回来喊李莉。他激动地抓着李莉的肩膀说:"告诉你一个好消息,我打听到了北京有一家最好的整形医院。"李莉本来还觉得委屈,这时已高兴得说不出话来,嗓子眼堵住了一般,热泪就这样冒出来了。

詹顺平拍着李莉的背,安慰着她,把来龙去脉说给她听。

"这是陈星的大伯联系到的,他曾经在北京办事处待了两年,认识不少人。他把地址给了我,让我们明天就出发。我早上知道消息后,立马订了两张火车票,我们要好好安排一下家里的事,看将孩子交给谁照顾。"

詹主任带着李莉坐了一晚上的火车,第二天早上就到了北京西站,按照地址找到了那家整容医院。

在医院挂号、检查、会诊、住院,三天后,李莉躺到了手术台上。在医生的治疗下,李莉的疤痕慢慢地减退,刚开始还不觉得有什么变化,但皮肤一天比一天更加红润。在医院里住了十多天,当最后一次揭去纱布时,詹顺平傻眼了,她和小时候一般漂亮。

在医院里调养了这么长的时间,李莉的皮肤更加白皙红润了,原有的瓜子脸,配上特别自信的眼睛,让詹顺平有种心动的感觉,仿佛一下子回到了小时候。

詹主任盯着李莉，眼睛都不眨一下。他甚至沾沾自喜，当初还真是娶对了人，李莉温柔贤惠，现在又这么漂亮，自己真是福气不浅啊！他紧紧地抱着李莉说道："莉莉，你真的很漂亮，以后再也不用躲躲藏藏了。"

李莉像是在梦里神游，轻飘飘的，不敢看自己。

詹顺平把她推到洗手间的镜子旁，李莉闭着眼睛，手不受控制地发抖。

詹主任笑着说："你看看，你真的漂亮极了，漂亮得我真要好好看着你，别让帅哥拐跑了。"

李莉生气地说："你别打击我了，光知道油嘴滑舌。我在医院里这么长时间，已经想好了，如果手术失败，我以后就带着孩子再也不出门一步，不给你丢人。"

詹顺平一听，急忙说："那可不行，你以后还得多往外走走，帮我多联系一些客户呢，以后我们家可要靠你了。"

詹顺平逗乐了李莉，让她放松了下来。她睁开眼睛，看着镜子里的自己，哭了，哭后又哈哈大笑。哭笑声把护士惊动了，护士急忙跑过来看看发生了什么事。

办理了出院手续，当晚他们没有买到返程车票，就在宾馆里住了一晚。他们特别激动，连北京也不准备逛，第二天晚上就坐上了回家的列车，回凤凰村过一个幸福的春节。

回到家的李莉，反反复复地照着镜子。她盯着自己看，一直看，脸上那些沟沟坎坎都没有了。她觉得还是在梦境中，真的不太敢相信这是真实的。她真的变美了，从现在开始，她可以抬头挺胸地走路了，可以不用丝巾遮住伤痕累累的脸了。在凤凰村，她现在算得上一个俊俏的女人了。

李莉抱住儿子的时候，儿子也像是感觉到了不一样，用小小的手去摸她的脸，用小嘴亲吻李莉的脸。李莉感受着小嘴的温度，小孩以前从没有亲过李莉，她真的感到太幸福了。

儿子在李莉的臂弯里睡着了。李莉将儿子放进摇篮后，安静地等着丈夫回来。她坐在桌子前，又拿起镜子看自己的脸，她笑得跟花儿一样，心情美美的。

在养猪场转了一圈之后，詹顺平踩着村道上的枯树叶回家了，进门看见妻子还坐在桌前照镜子,就问:"莉莉,怎么还没睡呢? 儿子睡了吗?"

李莉眉目含情地说:"我等你回来,儿子已经吃完奶睡了。"

"等我干吗? 你先睡就是了,做了手术要多休息。"

"我要你好好地看看我,我美吗?"

"美! 当然美,要不然钱不就白花了?"

"花了那么多钱整容,你心痛不?"李莉严肃地问。

"心痛什么呀? 花那么点钱得到了一个大美女老婆,这是我最划算的一笔投资!"詹顺平认真地回答。

李莉听得心花怒放,自己的男人竟然是这么了不起,为了给自己整容,花掉8万多都不心痛,这样的丈夫,真值得她用一生去爱!

李莉从背后轻轻地拥抱着丈夫,动情地说道:"谢谢你! 是你给了我重新做人的信心,重新燃起我生命的希望,今生今世我心甘情愿要服侍你。"

詹顺平没有回应,只是转过身来,深情地拥抱着她。

李莉回到凤凰村,全村的人都争先恐后地来看望。当看到李莉的容颜时,他们都被吸引住了,简直不敢相信她就是李莉。要不是声音还像从前一样,村民还真以为眼前这个女人不是李莉。

有的人感慨:"李莉受的苦和忍受的痛,谁能体会得到? 现在应该是她享福的时候了,我们只有祝福她。"大家都向李莉表示祝贺。

詹主任回来后就和两位村干部商量着在春节搞点活动,好热闹热闹,比如举办舞狮比赛、烟花节等活动。"我们凤凰村的经济已改善,文化活动也要跟上啊。去年是大丰收的一年,必须在正月里热热闹闹。"

这半年来,村民付出了辛勤的汗水,但也挣到了很多钱,最少的挣了5000元,最多的挣了3万元,这是他们一辈子都不敢想的。詹顺平想,这个年一定要过好,让村民来年更积极地工作,尤其是把村里的劳动力留下来,这样凤凰村就可以开发出更多的项目。

"我建议召开一次全体村民大会,评选出十位好村民,并给予一定的物质奖励,其他的每家每户送上一份慰问品。特别是几位孤寡老人,我们更要去关心和慰问,这样才能温暖人心。"

詹主任听了郭蓉姣的建议,立即同意。三名村干部分工负责,各自忙起来。郭蓉姣在广播中把刚才的决定反复地进行宣传,请村民投票选出本村的十位"好村民"。

村民们听到这个消息,感觉非常新鲜,毕竟凤凰村还没有先例呢。大家抱着试试的心态投下了自己心目中的先进代表。

腊月二十八,詹主任组织召开了全体村民大会,回顾了一年来创业的经历并布置了来年的一些工作,重点是对村民选出来的十位"好村民"进行了表扬,颁发了奖金,每人 2000 元。村民们看见台上十位村民都拿着 2000 元的大奖,羡慕不已,精神上受到了很大的鼓舞。

詹主任带着两位村干部走进十多位孤寡老人的家里,给每家送上了 500 元慰问金和一床鸭绒被。

之后,詹主任又挑了一担猪肉和鲜鱼,带着李莉和儿子,给这些孤寡老人每家送上了五斤猪肉和两条鱼。他边走边对李莉说:"我们要做一个有爱心的人,有了善良美德,我们不但外貌变美了,心灵也会变得美丽,我们的儿子才能平安顺利地长大,继承我们身上的善良品质!"

整个凤凰村的人过年都是兴高采烈的,所有人都喜气洋洋,原先那种过年"穷快乐"变成了现在的"富快乐"。有的人家里放着几万元的存折,买年货都不需要动用存折上的钱,那种钱用不完的过年滋味是从来没有过的。那些常年在外打工的男人们当然心动啊,他们迫不得已才背井离乡,便有点不好意思地向詹主任请缨,说道:"我们明年也要跟着你干,在外面挣钱还不如在家里挣钱多!"

也有在外面打工的村民表达了自身的忧虑:"真没想到凤凰村在你詹顺平的手里搞富了,不过我想知道,你这样长久搞得下去吗?要是我们回来了你又搞不下去,那我们就惨了,竹篮挑水两头空,两头都挣不到钱。"

詹顺平听到这么尖酸刻薄的话,也不说什么,转身就走。他知道解释没有任何作用,只能让他们看凤凰村未来的发展,发展才是硬道理! 未来的凤凰村彻底改变了面貌,那时一定会让他们心服口服的!

詹主任带着两位村干部,还为乡敬老院的老人送去了温暖。除夕这天,他们一直忙到家家响起了年夜饭的爆竹声。

李大水满脸笑容地站在村中间的场上,向围拢在一起的乡亲们说道:

"乡亲们,凤凰村已经变化不小了,人人都比以前有了很大的进步,不像我当书记时,让村民们吃尽了苦头。顺平村主任不一样,与我完全是两种人。他有闯劲,犹如一颗星,给我们带来了光明,带来了希望。只要大家一如既往地支持顺平的工作,我们凤凰村一定会过上城里人的生活,到时大家都住着洋房、开着小车。让我们为这个共同的目标而奋斗吧!"

李莉抱着孩子,也和乡亲们凑在一起,说着过年的趣事。许多刚返乡的村民,都认不出眼前的女人就是李莉,他们以前眼中的丑八怪李莉,怎么突然间变成了大美人? 那一对水汪汪的眼睛实在是撩人。李莉虽然被盯得有点难为情,但她不像以前那样只能低着头,现在她挺起胸膛,昂着头,微笑着,同村民一起说笑着。

除夕夜的饭菜是很丰盛的,詹顺平和老丈人一边吃菜一边喝酒,翁婿俩不知不觉地干掉了一瓶白酒。老丈人太高兴了,凤凰村在女婿的领导下有了惊人的变化,村民们对女婿一片夸赞之声;今年又添了小外孙,增添了无穷的快乐;女儿的脸也整容了,变美丽了,女儿笑得灿烂了:这么多的喜事,都是他要和女婿痛痛快快、欢欢喜喜喝一次酒的理由啊!

老书记时常想,自己干了那么多年的村支书,没能带领村民们致富,是自己没有本事,不怪人家骂他、瞧不起他。但是,值得骄傲的是,自己发现并扶持了詹顺平,不仅同意他当了自己的乘龙快婿,而且帮助他成功竞选上了村主任,带领凤凰村的3000多人,打响了奔小康的攻坚战,这就是很了不起的事情! 这也是我李大水善于发现人才、善于使用人才的本事啊!

吃完年夜饭,詹顺平对老丈人和妻子说道:"我要去养猪场守夜,今天过年,大家都回家团圆了,我很不放心养猪场,必须要去那里盯着,越是这个时候,越要提高警惕。"

老丈人挥了挥手说:"去吧,去吧,我支持!"

他披着大衣站起身,朝女婿努了努嘴,摆出老村支书的派头,却又对小外孙说:"宝宝,跟你爸爸再见!"随即抓着小外孙的手,向往屋外走的詹顺平做着挥手的动作,让詹顺平感到十分温馨。

李莉一边收拾碗筷一边说:"等一下吧,我陪你去值班,看你喝得醉醺醺的,我不放心你。"

詹主任挺了挺腰说道："我没事，外面风大，你在家里带着儿子。除夕夜，不能让爸爸和宝宝两个人在家，我去就可以了。"

"你一个人值班我不放心。"李莉坚持。

"有什么不放心的！等那边办公楼建好了，我们就搬过去住，到时候我们一家人就在一起了。"

詹顺平走路有点重心不稳，但并没有回头。他走在满是爆竹屑的村道上，让寒冷的风一吹，头脑瞬间清醒了许多。

李莉只好依着自己的丈夫，她理解一个男人的责任心。

走到村口时，詹主任不小心被石头绊了一下，整个人向前倒了下去，电筒也摔出去了很远。

他摸索着站起身来，掸了掸棉袄上的土灰，自言自语："酒还真的要少喝，喝多了不仅伤身体，还会摔跤，不过今晚高兴，不算喝多。"

正月初一一大早，詹主任给来上班喂猪的村民——拜过年后，就回了家里。他先给老丈人拜了个年，然后亲了亲妻子和儿子，匆匆忙忙洗了把冷水脸，便又出门了。他要利用大年初一拜年的机会，到全村的每家每户去拜年，感谢父老乡亲们对他的支持，感谢大家为凤凰村的发展做出了贡献！这是他上任村主任之后一直想做但没有做成的事。

但刚出大门，詹顺平就被前来拜年的村民围住了，乡亲们来向一位领着他们致富的村主任拜年。詹顺平马上说："我正要出门去各家各户给长辈们拜年呢，你们去给老书记拜年吧。"

詹顺平这一小小的举动，赢得了全村人的赞誉，村民为他的谦虚竖起了大拇指。他没有居功自傲，是个干大事的人！

8

　　年刚过完,詹顺平就在盘算如何将去年的利润用于扩大生产。李莉还是有一点担忧,一下有这么多的钱,应该如何去投资,先做什么,然后做什么。其实詹主任也在思考这个问题,可想了一个晚上也没有理出一个头绪来。

　　李连长来向詹主任汇报这两天的工作情况,特别提到刚产下的 500 只猪崽,饲料供应不上,如果再不及时想办法生产饲料,连大猪也很难饲养下去。

　　詹主任心急如焚,他立即把技术员詹小虎和其他重要岗位的负责人喊来商量对策。詹小虎提议说:"现在刚过完年,很多植物还无法采摘,我觉得应该倡导全村人民把自家的稻草整理出来,我们进行收购,根据季节的不同规定价钱,这样全村老老少少都可以挣到钱。"

　　李大水想了想说:"这个办法可以,如果把全村人发动起来,还是能够渡过难关,要是再不行,我们就可以延伸到全乡或者全县收购。同时我们生产的饲料太单一,下一步应该要研究出不同类型的猪用不同的饲料。其他动物的饲料我们也要生产,这样就不仅仅停留在自产自销上了,而是要推向社会,让更多的用户一起来购买使用,这样资金也就来得更快,发展的空间也就更大。"

　　詹主任激动地说:"那就按你们的意思办,发动全村人行动,由郭蓉姣负责收购,其他一切由詹小虎组织人员执行。现在我们的企业已到了上升一个台阶的时候,因此,我们更需要以百倍的精力投入,这几天我要到县城去把钱贷回来。俗话说,想致富,先修路。我们村的路一直是个老大难问题,如果这条路再不修通,将成为制约我们事业发展的瓶颈,好多东西运不出去、引不进来。所以我想在稳定绿色养殖场发展的基础上尽快修路,这也是我向村民们的承诺。可是我们的资金还远远不够,我建议村里有钱的出资,没钱的可以参加一些义务劳动。这条路是造福凤凰村子孙万代的大事,人人都有责任,并不是哪一个人的事。"

李莉担忧地问:"把这条通到乡政府的路修好,需要多少钱?"

詹主任想想后说:"300万元左右。"

李莉吃惊地叫道:"要这么多的钱,你去哪里弄?银行也只能贷到200万,可这只算是养殖场的,并没有说是修马路的资金,你的意思是说你个人出这么多的钱修路,那以后场里的资金怎么周转呢?你真不能拿养殖资金去修路!"

詹主任解释说:"这也是没有办法的办法呀!我们的目的就是要让整个凤凰村富裕起来,目前我们的事业虽然有了一定的成效,但离设想还差得远,村里水、电、路还存在很大的问题,如果不立即解决,我们就很难再往前走了。何况全村的男人都回到了村里,光一个养殖场根本就没法容下这么多人,如果再不开发出其他的项目,这些劳动力又会很快流失,这将是我们凤凰村的一大损失。"

赖乡长带着谢斌把政府拨的15万元送到了凤凰村。詹主任拿着款项无比的兴奋,虽然不是很多,但足以证明政府对自己的工作是重视的,这对自己是最大的安慰和鼓励。詹主任把刚才大家研究的对策向朋友们说了。

谢斌突然喊道:"可以去外省购买一批玉米回来做饲料,这样可以减轻目前的压力。"

詹主任听后表示同意,立即让人去办。

詹顺平想办法从县建设银行贷出了200万元,直接转入凤凰村农业开发公司的账户里。资金已经到位了,詹主任连夜赶回凤凰村和王武商量修路的计划。

王武用了一个星期的时间设计了一套很完善的方案,詹主任怎么看都觉得很满意。以半年的时间为限,450万元全部包给王武修路,标准按照省级公路,双车道,东面连通县城、西面连通邻县、南面连通国道、北面连通邻省,使整个凤凰村坐落在四通八达的交通枢纽中央,成了车辆运输停靠的中心驿站,路段全长18千米。

王武与詹主任签订合同后,带领队伍夜以继日地奋战在公路上,凤凰村1000多人无偿地跟在恒星建筑队中一道做工。王武把村民分成四组,指定四名属下各带一组,朝四个方向延伸。詹主任也时常去察看施工进程。王武没有令詹主任失望,半年的时间就修好了路。

在通车剪彩的当天,詹主任请来了县里的领导,还有市交通局的领导。他们对詹主任给予了高度的评价,一个小小的村主任,能够无私地为民着想,自己贷款修路。一时间,詹主任在全省名声大噪,各路媒体纷纷报道。几天时间不到,全省的媒体都出现了詹主任的发言和照片,来凤凰村参观的人一拨接一拨,他们主要是来向这位詹主任取经的。

刚开始一段时间,詹主任还是很乐意接待每一位来访者,但时间一长,来的人多了,严重影响到了他的工作,他只好请老书记李大水去"挡驾",自己则躲了起来。

道路修好了,只是完成了詹主任长远规划里的一部分,后面还有很多项目要相继开工呢,他并没有因此而放松其他项目的建设。他决心要把凤凰村建设成一个新型的农村,像华西村一样让人羡慕。他从零开始干起,从一穷二白干起,从所有人怀疑的眼光中干起,积累了丰富的创业经验,创造了许多的奇迹,也创造了很多的不可能。

他的长远打算里有"三通"(通水、通电、通公路)的设想,如今已经干成了一样,剩下通水、电两大问题。然而,目前的资金投在了修路上,虽然卖了两批农牧产品,获得了很大的收益,但饲料成本大,从外省进的玉米就花掉了三分之一的资金。

詹主任吃不香,躺在床上全身无力,李莉坐在床沿不知如何是好。她把儿子詹富民放在詹主任的旁边,小孩开始"哦哦"地叫着,会到处爬行了。詹主任看着儿子在床上翻来覆去地爬行着,高兴得直笑。他给儿子取詹富民这个名字,就是希望儿子未来能够给凤凰村人民带来好运,让村民走上更富裕的路。

他没有时间和儿子玩耍,心思也没有放在儿子的身上,他在考虑如何获得一大笔资金。需要干的事太多了,可是现在资金严重紧缺,就连养殖场的周转资金都挪作他用,如果再想不出筹资办法,恐怕连养殖场都得关门了。

詹顺平正想着,陈星一帮朋友闯进了门。詹主任一溜烟地从床上跳起来,喊道:"是什么风把你们给吹来了,我想是自己眼花看错了吧。李莉你把窗户打开,我看看太阳是不是从西方升起来了。"

陈明骂道:"你小子大白天的躺在床上,是不是患上了富贵病?"

詹主任连忙说道:"你们就别笑话我了,我就是为了想如何去寻富贵,想了几天,想得头都快要爆炸了。我现在名声是好听了一点,可你们知不知道,我可是比以前穷了几千倍,口袋中已拿不出一分钱,还欠下了一屁股的债呢。你们好,吃香的,喝辣的,口袋有钞票,银行有存款,可我是连粥都喝不上了,幸亏你们还有一点良心来看我,再不来的话,恐怕我就饿死了。"

大家你看看我,我看看你,都不知道詹主任说的是真话还是假话,是不是怕要他请客,故意说这些话赶他们走呢。

詹顺平接着说:"既然来了,你们就得帮我渡过难关。我饿死了不要紧,别把你们的侄子饿得哇哇大哭就行了。"

此时,詹顺平的儿子正在床上爬,看见有许多人进来,也不认生,一个劲地和大家"哦哦"地打招呼,引得所有的人都哈哈大笑,都想伸手去抱侄子。

"詹主任,你就别跟我们哭穷了,有话就直说,绕什么弯子呢!"陈明是直性子,催促詹顺平竹筒倒豆子,他已经听得很不耐烦了。

詹主任于是把目前的情况和要继续开发的项目说了一遍。

刘贵乍说道:"现在没有了资金,你就不会等到明年再搞其他的'二通'吗?凡事总得一步一步来嘛,你急什么?我认为你目前最需要解决的问题,是在凤凰村建大型停车场和货运站,以及旅馆、饭店等,有了这些设施,才能够吸引人,凤凰村的发展才会更顺利。"

詹主任回道:"你说的这些我都考虑到了,可是水电不通,你再好的住宿条件也留不住客人啊,我想将这些场所让给你们去办,但是你们必须得先帮我把水电给解决了。如果你们不好出面,只管投资挂我的名,我来管理。"

谢斌笑笑道:"我认为这个问题由陈星来解决最合适。他父亲陈副县长分管基建,只要他一个电话到县里,什么问题不都解决了吗?何况我们的陈所长本来要上任副乡长,可如今却下通知要调去县公安局刑警队去当队长。只要我们的陈大队长肯出面,还会有解决不了的难题?"

陈星看了他一眼,笑着骂:"你小子别往我脸上贴金了,你不仅是财神爷,现在还兼任了乡党委副书记,你可就是乡里的实权人物,你不帮凤凰村还有谁能帮凤凰村呢?"

陈明喝了一口水,说道:"我提议,水电问题就由陈队长解决,我不管你用什么方法,要多少钱以后再给,你两个月之内必须把这件事给落实了,有一个堂堂的市水利局副局长大伯'在朝',这点事对你来说困难吗? 谢书记嘛,你也不能推辞,想尽一切办法,再帮顺平贷一些款出来,哪怕是借也行,只要钱能拿到手什么都好说。每次贷的款,顺平都能及时归还,信誉好,所以贷款应该不是很难的事。同时,我还得给顺平提个建议,你们凤凰村那么多荒山,你们可以种上果树或者其他经济林。你想想,这些树挂果了值多少钱? 还有那些毛竹,你可以再办个竹器加工厂,反正现在路也通了。"

詹主任笑道:"陈明足智多谋,你就干脆辞去那个站长,一心一意来我们凤凰村发展算了。"

陈明笑道:"那可不行,我要是辞去了这站长,以后办事就难了。"

詹主任想了想说道:"那就采用陈站长的建议,书记和队长就别再推辞了。今天我请客,没有什么好招待的,酒是李莉自己酿的,最主要的是庆祝两位兄弟升了一级。我到水库去打一些鱼,杀一只猪,来个不醉不归如何?"

刘贵乍院长两眼放光地说:"我代表大家表示赞同,杀这个猪就由我来主刀。虽然我平时用的是手术刀,但对于各种动物的血管还是摸得很准。这次我要用杀猪刀来展现我精湛的杀猪技艺,让你们瞧瞧我不仅可以救死扶伤,还可以让猪在瞬间不知不觉送命。"

大家一听笑得弯了腰,一致做了一个 T 字手势骂道:"停停停! 别人吹牛你吹猪,吹猪也不打个草稿!"

刘贵乍院长闹了个大红脸,他知道自己确实在朋友们面前吹得过头了,一个没有杀过猪的人,怎么可能杀得了一头猪呢? 指望着猪像人一样躺在手术台上,那是绝对不可能的。后来看了凤凰村的屠夫杀死一头猪的全过程,他确实知道自己杀不了一头几百斤重的大肥猪。

这一顿杀猪饭,大家从下午一直吃到了半夜时分,他们真的是太高兴了,从巡逻队的时候回忆起,一直回忆到现在。这一路走来,大家相互帮助,尽管都事业有成,可他们还是心连心,每一次困难都在彼此的帮助下顺利地渡过了难关。因此,几个朋友彻底地敞开心扉,痛痛快快地喝着酒,最先倒下的是陈明,之后是刘贵乍、谢斌、陈星。

詹主任看见朋友们相继趴在桌子上,他喝完最后一杯酒,轻声叹道:"人生几何,对酒当歌。酒逢知己千杯少,今生得友富贵生! 詹顺平今生有你们这些好朋友,够了!"话没说完,他也趴在桌子上呼呼大睡起来。

第二天就传来好消息,谢斌从财政所再次给凤凰村拨了 30 万元,陈星也做通了他大伯的工作,直接从市水利局要来了 150 万的拨款,用于改善凤凰村的水电问题。造林考察队也来了,在凤凰村的大山里转悠了整整三天,在陈明的主持下,对凤凰村的山林进行了全面的评估。

詹主任听到这些消息,高兴得快要发疯了,抱着李莉和小孩旋转了好几圈才放手。之后,他披上衣服,走出了房门,打电话叫来两个村干部开会,把好消息告诉他们。

仅过去了半个月的时间,凤凰村真的来了很多陌生人,说是来搞建设的,凤凰村这只数百年的老凤凰就要腾飞了。

水电工程队伍浩浩荡荡地来了。市水利建设局把凤凰村作为新农村建设的帮扶对象,派出人马对凤凰村重点帮扶。他们要在凤凰水库的东面大坝上开一个口子,利用库水的百米落差,将水能转换为电能,也就是水力发电,凤凰村马上就拥有自己的水电站了。虽然建的是装机容量 5000 kW 以下的小型水电站,但无论凤凰村今后有多么大的发展,发电站都能保证供电。目前加工猪饲料的机器,再也不用柴油机发电运转了,凤凰水库水电站可以一年四季正常运转,发的电不仅可供凤凰村使用,还能惠及周边村落呢。

几百年都默默无闻的凤凰村,这回影响真的大了。从小打小闹养猪开始,短短的三年时间里,就开工建设自己的水电站了。以后的凤凰村,真的要成华西村了。很多人说詹顺平这个人胆子太大了,什么事都敢干,就不怕失败了血本无归。不过,胆大有胆大的好处,一百块钱敢干一万块钱的活,十万块钱敢干一百万块钱的活,只许成功,不许失败,只有奋力一搏。

也有人说:詹顺平有老天眷顾,结识了一帮好朋友,肯出力帮助他,帮他出谋划策,帮忙筹款。

还有人说:詹顺平有一个旺夫的好老婆。无论丈夫做什么事,她都不泼冷水,不说风凉话,不担心丈夫失败了没有好日子过,还总是用自己的温柔贤惠关心着丈夫。这样的好女人,不旺夫才怪!

凤凰村终于飞出了金凤凰,所有人都这样说,也令所有人羡慕不已。

经过半年的施工,凤凰水库发电厂终于建成发电了,不仅解决了凤凰村800多户人家的照明问题,解决了凤凰村养殖基地和加工企业的用电问题,还将多余的电并入了国家电网,从一个没电的村庄一跃成为卖电大户。

有了电,水的问题自然好解决,凤凰村很快就接通了自来水,山上的瀑布山泉被引到了凤凰村,每家每户都用上了自来水。困扰凤凰村人的水和电,用了整整一年时间就落实了。村民们个个喜气洋洋,村民过上了城里人的生活,仿佛就像是做梦一样。以前一辈子都不敢想象的问题,如今一年就实现了,而且自己还没有花一分钱。

凤凰村的人都把詹主任当成了神话般的人物,他在村民心目中的形象非常高大。

詹主任的心终于有了一点着落,他和李莉算了一年来的开支和收入情况,其中生猪养殖收入500万元,实际给村办事用了600万元,还有银行的350万元贷款,最终詹主任还欠外债450万元。但他并没有后悔帮村里办事,他觉得只有村民富裕起来了,他这个村主任才算称职。

然而,欠了这么多的钱用什么去还呢?村里还有许多的项目待开发,他想起了陈明的提议,只有往生态上发展了。同时,自己还要做出一套方案来,将生产出来的饲料推销到附近的县、乡,甚至是邻省,打造一个叫得响的饲料品牌。

詹主任想着,要把品牌打出去,就必须先得把名声打出去。这时刚好省电视台记者来采访,詹主任抓住这次机会,高规格招待四位记者。见詹主任如此热情,他们做了一部特别精美的专题片,在省电视台农业科技台连播了三天。专题片的最后,一只金色的凤凰扑棱着翅膀,从凤凰村慢慢飞起,越过波光粼粼的凤凰水库,在美丽的鸣叫声中向高天飞去,随后是满天耀眼的金色的阳光……

詹顺平在镜头前说:"当前凤凰村的发展形势很好,发展速度很快,仅仅3年不到的时间,就解决了很多的实际困难,这主要归功于国家的政策好。

这也是全村人共同努力的结果,我很感谢凤凰村的父老乡亲!"

消息很快就传开了,全省都在转播这部《凤凰村成功的神话》,省、市报纸也都刊登了詹主任缔造的"凤凰传奇"。

省委非常重视,由主管农业的副省长吴庆带队到凤凰村进行全方位的考察。随行的专家和各级领导,对凤凰村的发展变化,惊叹不已,给予了高度的评价。吴副省长当即指示,要发动全省各县到凤凰村来考察,借鉴先进经验,把凤凰村树立为"模范样板村"。

吴副省长回去后,立即召开了会议,对凤凰村的发展做了专门通报,高度肯定了詹顺平的工作,并号召所有的干部要向詹顺平学习,得时刻为民着想。

一时间,詹主任成了全省新农村建设的楷模,到处巡回做先进事迹报告,年底被评为全省"十大杰出青年""学习雷锋标兵""优秀共产党员",同时还被选为省人大代表,各项荣誉像雪花一样飘来。全省多地的供销商纷纷来凤凰村购买产品,尤其是饲料,短短一个月内竟然比以前一年的销售量多出了几倍。

詹主任并没有因这些荣誉而沾沾自喜。凤凰村要真正成为乡村城市,那还差得很远,要实现长期稳步发展,就必须有一套完整的管理体系,建立一家大型的凤凰集团公司,统一管理下面的子公司。目前的发展很乱,各厂投资不平衡,经济效益太单一。詹顺平和李大水、李莉坐在房间里商量,想重新注册一家公司,把各厂纳入总公司的管理体系,这样就能形成一个大型企业。

李大水想了想,虽然不是很懂企业管理,但他还是非常赞同这个提议,最主要的是解决了管理混乱的问题。

李莉有些纳闷,现在刚有点起色,又要重新注册,以后的税就缴得更多了,这样会影响到正常的发展,还是过段时间再说。何况,目前全省都在关注着凤凰村的发展模式,总不能做虚的事吧?必须要脚踏实地一步一步地往前走。

詹主任很严肃地说:"向国家缴税是应该的,挣了钱我们就要积极向国家缴税,不能怕缴税,更不能偷税漏税。政府无息给我们贷了几百万,我们

133

总不能过河拆桥,不给政府一点回报吧?"

李莉说:"虽然是无息,可是还有一个月时间就得全部还清,不还就要罚滞纳金,你贷这些款也不是自己用了,而是把这些钱用在了凤凰村的建设上,使村民们都过上了富裕的生活,这不就是为国家做了贡献吗?天底下哪有像你这样的人,自己无偿地为这个村献出了900多万元,可你得到了什么?我看你一个月之后拿什么去还贷?如果你到时还不上,以后你的信用就会一落千丈,大家都会说你已经开始不讲信用了。要是你还上了,饲料厂马上就得关门,一万多只猪用什么去养,你难道忍心看着我们一家人都喝西北风吗?你自己不是说过,等有钱了就把父母接回来住吗?现在全国的人都知道你是有钱的人,可是你竟连自己的父母都养不起,这要是传出去,以后你还怎么做人?"

结婚几年来,李莉这是第一次和丈夫如此硬碰硬地杠上了。其实她也是急了,几百万元的政府无息贷款马上就要还,可到哪儿去筹几百万块钱呢?她知道丈夫急,可是她更急,除了急,还有对丈夫的心疼。丈夫活得太累了,就没有喘过一口气,如此这样下去,他的身体吃不消啊!

詹主任一想起父母,就满心愧疚。几年里,他很少去关心父母,一心想着凤凰村的发展,真成了一个不孝之子。

詹主任心软了,盯着李莉说:"但是不尽快规划好,各厂很混乱还怎么去管理?到时产生的负面影响将会更大,你说怎么办?"

李莉思索了半天才说道:"要不,我们内部先成立集团,暂时不去注册,设立各厂负责人,财务由集团董事长直接管,等以后发展壮大了我们再注册。"

詹主任只好同意妻子的意见,觉得可以先这么试试,等条件成熟了再说。

他立即找来李春金和郭蓉姣,把刚才决定的事向两位村干部通气,最后经过商量,确定取名为"凤凰集团公司"。

詹顺平为集团董事长;

李莉为总经理兼财政部部长;

郭蓉姣为董事长助理兼副总经理;

李春金为养殖基地总经理;

詹小虎为饲料厂厂长。

凤凰集团公司的主要领导班子就这样确定了下来。

第二天,詹主任召开了集团公司会议,实际上就是全体村民大会,会上宣布了人事任命的决定。同时,詹主任还宣布了新的工资发放标准,行政人员每人每月 1600 元,生产人员多劳多得。詹主任传达了集团的计划,准备开发凤凰村的山林,把今后种果树挣到的钱用于村里统一规划房屋,建村办小学、医疗所和其他娱乐场所,希望全村人能够积极配合集团公司的决定。如果有村民不愿意自己的山林开发,那将来不能享受到村建的楼房待遇。

这一决定宣布后,村民纷纷表态愿意。也有个别村民心里有点疑问,可看到大部分的人签上了名字,如果自己不愿意,以后别人都住上了洋房,而自己还是住瓦房,所以也就跟着签了名字。

詹主任在陈明的帮助下,很快就领到了林权证,凤凰村随之成立了毛竹加工厂。

在陈明的活动下,凤凰村很快就吸引了外地商人来投资,集团公司在没有出一分钱的情况下,毛竹加工厂就建了起来。

凤凰村的竹子一棵棵倒下,变成了各种凉席、扇子和工艺品销往全国各地。仅一年的时间,毛竹加工厂就给凤凰集团挣回了 500 多万元。

詹主任把王武再次从海州调回来,这次王武注册了公司,打算在这里长期发展下去。

然而当王武到达凤凰村时,县建筑队队长刘恒也带着队伍来到了凤凰村,坚决要承包这项工程。

詹主任想起当年刘恒的拒绝,怒气又涌上心头,说什么也不答应。

刘恒也不是省油的灯,他带领队伍拦住村口,就是不让王武的队伍进村里,两方在路口僵持着。

刘副县长给詹主任打了几次电话说情,可詹主任就是不讲情面,何况自己已把王武从海州调回来了,关键是当年刘恒做得太过分,差点让自己的企业停产。这时,陈星带着刑警队的人赶到了凤凰村协调。陈星说道:"刘恒是刘副县长的侄子,还是市委宣传部张部长的小舅子,别把关系搞僵了,到时可不好收场,对以后的事业发展不利。"

詹主任并不是怕刘恒有后台,他现在真有点傲气,这是他自己的事,想给谁就给谁,可是他不得不给陈星一点面子。如果没有陈星的帮助,今天根本就不可能成立这个集团。

他盯着陈星说道:"大队长,那你说怎么办? 总不能叫王武打道回府吧? 他是我的朋友,也是你的朋友,何况他对我们凤凰村贡献不小啊!"

陈星想想后说道:"全村的房子由刘恒负责建,医疗所、学校和娱乐场的建筑由王武负责。"随即,他转身对刘恒和王武说:"你们两个同不同意? 表个态。如果有一方不同意,就等于放弃了。"

两人同时答:"同意。"

詹主任也同意了。每幢房子的面积为 120 平方米,上下两层,属于连排乡村别墅,共计 700 套,以 3000 万元的价钱承包给刘恒;以 1000 万元的价钱把其他建筑承包给了王武。

詹主任同时还建起了水泥厂和红砖厂,这两个厂由王武担任厂长。

凤凰村的面貌一天比一天更加喜人,一幢幢崭新的洋房规划有序地拔地而起,办公楼、敬老院、学校、医院、娱乐场所等展现在乡亲们的面前。詹顺平仅用两年的时间,就让凤凰村人民住进了别墅,过上了城里人的生活。

凤凰集团已有了 15 个工厂,每一个厂的效益都是一天比一天好。詹主任此刻才真正地松了一口气,整个集团目前固定资金就达到了 1.6 个亿,但他并没有满足,他始终觉得凤凰村还有许多资源可以开发,现在的凤凰村人虽然过上了城里人的生活,但要达到城市人的生活水平还差得很远。自己虽然改变了凤凰村的模样,可这才仅仅走了一小步。

詹主任想要让外市、外县的人都来凤凰村参观旅游,可凭什么招引人家来呢? 大都市比这里好多了,谁会看上一个小小的凤凰村? 那么该如何开发出具有凤凰村特色的东西? 这是目前集团要研究的最大课题。

詹主任召开了集团董事会议,把这个想法拿到桌面上来讨论。

郭蓉姣提议道:"目前凤凰村的发展已相对走上了正轨,各厂的生产都能够按照规定的指标完成。我建议先把各种果树给种上,同时我们也要和城市一样,把路灯和路两旁的景观树栽起来,规划整治好村里的商店、民宿和市场,每一个地方都要有良好的秩序,不要给人造成混乱的感觉。"

李莉兴奋地说:"我赞同郭主任的意见,同时我也提一些建议。以前顺平带我到北京治病的时候,看见有好多人去长城玩,主要长城是一道风景。所以,我认为我们凤凰村也应该有一道风景,可以规划水库,利用山里的瀑布做文章,建立绿色的自然风光,这样就会吸引更多的人来旅游消费。"

王武想想后说道:"现在集团也有一定的实力,我建议再购一批旅游车回来,免费从县城接送游客,这样会解决很多客人想来而坐不到车的问题。"

詹主任想了很久才点头说:"这些建议非常好,也很符合凤凰村当前的发展需求。那就这样确定下来,把这些投资纳入集团的重点开发项目中,这些项目由王武负责,尽快拿出一套方案来。在一边开发的同时,还要尽快地把果树种植起来,从林业部门购买最优质的果树,不好的我们不要。"

詹主任坐在办公室里抽着烟,缓缓地回忆起这些年走的路。从头算起,他为这个村已投了1个亿,看着村民都过上了好日子,自己也感到非常欣慰。尤其是小孩子上学有教室了,病人看病有医疗所了,人人有感兴趣的娱乐场所了。以前村里的人都去城市里打工,可现在城市里的人都往凤凰村来找工作,这种对比令詹主任兴奋无比。

小梅这时走进来,看见詹主任自个儿乐,也跟着笑:"詹董,今天是什么事让你这样开心?"

詹主任看着女孩的脸,有郭主任的影子:白皙的皮肤像果冻般有弹性;圆圆的大眼睛,长长的睫毛一闪一闪的,像小蝴蝶扑扇着翅膀;一头秀发披肩,散发着青春的气息。

詹主任笑着说:"这是小梅吗? 女大十八变,小梅越变越漂亮了。"

小梅带着玩笑的语气质问道:"我以前不好看吗?"

他询问小梅的情况,知道她大学毕业了,想回到生她养她的乡村,把自己的热血洒在这片土地上。

詹顺平很欣慰,兴许以后会有越来越多的大学生回到凤凰村,那我们的乡村振兴便更有实力,也更有发展前景了。

小梅对詹顺平说:"詹叔叔,其实我特别崇拜你,以你为榜样我才有这样的觉悟。我在学校特别努力,就是想着有一天能回来协助您一起把我们的家乡建设得更加美丽。"

小梅是一个很有想法的人,把新的理念、新的思路带回来与詹顺平分享。詹顺平很受益,确实他们是老传统、老思想,凤凰村需要注入一批新鲜血液。

小梅准备离开,又转过头来说道:"叔叔,我建议集团公司购买一批电脑回来,所有的工作预算和管理程序都用电脑来操控,这样可以减少很多的人力、物力并减少差错,同时还可以时刻与国际联网,随时掌握最新信息。"

詹主任很干脆地说:"行,这事就由你全权负责,我开张条子,你要多少资金,直接找李莉申请就是了。"

小梅不负詹主任所望,两个月时间就为整个集团公司配备了电脑,以集团办公室为指挥中心,系统延伸到各个厂。同时,她还请人来给公司员工培训。以前千头万绪的数据预算和账目,如今只要轻轻一敲键盘,就可以完成,大大提高了工作效率。

詹主任高兴坏了,当着全集团的面多次表扬小梅为公司立了大功。为了激励员工有自主创新精神,詹主任奖励小梅10万元,让她去先考驾照,然后买一辆小轿车,以此作为鼓励。实际上,他是把小梅暗中当作了自己的女儿,让从小失去父爱的小梅感受到父辈的温暖。

詹主任参加了市人民代表大会,他利用会议间隙时间,向市水利局陈副局长汇报了这几年来凤凰村的创业历程,并邀请陈副局长来凤凰村指导工作。

陈副局长肯定了詹主任的工作,并鼓励他再接再厉,还答应等忙完这阵子一定要去凤凰村休个假,看看凤凰村变成了什么样子。

开完会,詹主任购回了3辆小轿车、1辆大巴车。他回村后对相关工作进行了部署。

自从李莉去省城学习后,业务突飞猛进,工作起来得心应手。李莉参观了国家级示范工厂后,把养殖场排出的粪便引入沼气池,让全村人都用上了沼气,解决了用柴生火的问题。

冬去春来,詹主任创业已第十个年头了,他拉着6岁的儿子,搂着李莉站在集团顶楼的阳台上。望着凤凰村灯火通明的夜色,路上的车像一条长龙一样来来往往,听着从村民家中传来的歌声,看着人头拥挤的街道,他心潮澎湃,不由得感叹道:"真是人生如梦啊!凤凰村比梦还要精彩,我这些年的奋斗也算是值了。"

李莉靠着丈夫,摸着儿子的头。她想说点什么,可见詹顺平眺望着凤凰村的山山水水,看他在兴头上,就忍住没说话。

詹富民高兴地喊:"爸爸,我什么时候也能像你一样?外公说以后这个凤凰村由我来接班,我行吗?"

詹主任笑道:"你是我詹顺平的儿子,虎父无犬子,你当然行!你要好好读书,将来一定会比爸爸干得更好。以后爸爸老了,就得'传位'给你,不过要是你不听话,不好好念书,我可就'传位'给别人啦。"

詹富民沉思了片刻说:"那我一定要好好读书,不让爸妈失望。"

詹顺平抱起儿子举得高高的,把一旁的李莉吓得半死。詹顺平觉得自己太了不起了,当初穷得叮当响,现在过上好日子了。

过了一会儿,詹顺平对李莉说:"过段时间,市里的陈副局长要来实地考察,要好好准备一下,必须以最高规格接待他。"

李莉看着身边的男人,不解地说道:"凤凰村有今天,真离不开领导们的帮助和支持。但话又说回来,凤凰村富了,一批批人也跟着富起来,穷的还是我们自己。我们挣的钱有 4/5 用在了凤凰村的建设上,另外 1/5 用来接待。名义上集团是我们家的,但实际上我们还不如一个村民富裕。"

詹顺平告诫李莉不要乱说话:"这些话你千万别往外说,除了在我面前发发牢骚,跟任何人都不能说。"

李莉也没好脸,继续说:"我也没说什么啊,你现在怎么一点耐心也没有。现在家里也很需要用钱,你的爸爸妈妈不愿回村,那总要给他们在城里买一套房子吧?儿子也慢慢大了,也要开始注重他的培养了吧。还有我爸爸,年纪大了,有个头疼脑热的,不总要存点钱以防意外吗?你小时候得裤子都没得穿,有谁关心过你呢?大家都欺负你。如今你受到大家敬重,是因为你让大家过上了富裕的生活。俗话说得好:人无远虑,必有近忧,谁敢保证自己一辈子都一帆风顺?所以我们也得给自己留一点钱。"

詹主任听着李莉的话,仿佛觉得妻子很陌生、很世俗。以前她从来不会反驳他的决定。他慢慢地回味着李莉说的每一句话，感觉到自己这些年来的确一心只为凤凰村的发展和富裕，对这个家考虑很少，也很少关心过家人。他转过头看见李莉的脸上有泪珠，便说道："对不起，这些年你确实辛苦了，让你受累了，往后我多照顾家里就是了。你也别哭了，这么小的事值得哭吗？"

这天，詹主任站在村办公楼的前面，欢迎陈副局长的到来。

陈副局长一来便握着詹主任的手说："你带领凤凰村的乡亲们走出了一条自主创业的致富路，很了不起。我清楚，你们是真正的白手起家，靠勤劳和智慧挣钱，年轻人就是有胆量、有气魄，非常好。市委领导非常重视，多次提出要大力表扬，并且号召全市人民向你学习。我今天来，就是来祝贺你们的，同时希望你们今后更加努力，继续往前走，步子迈得更大一点。"

陈副局长在詹主任的陪同下，参观了凤凰村的企业，每到一处他都非常满意。当走到水库旅游区时，他兴奋地说道："这个地方的确设计得不错，不过最好再搞个度假村，那么来消费的人就更多了。"

詹主任一听立马应道："陈局长的建议好，等过了春节，我们就来研究落实招商，保证完成任务。"

凤凰水库绿色度假村很快就立项，由刘副县长亲自监督，詹顺平出资100万元将工程承包给了刘恒。詹主任倒是很清闲，有时带着儿子到外面去兜兜风，有时到各个厂去转转。一切事情都安排妥当，事业一帆风顺，集团账目上的钱一天比一天多。整个凤凰村就像县城一样，人和车像潮水般涌来。各种工厂和房屋一天比一天多，从前贫穷的凤凰村变成了一个凤凰金窝窝。原本3000人的村庄，已发展成常住人口5万多、流动人口近10万的小城市。詹主任红遍了大江南北，很多人来凤凰村参观考察。同时，詹主任也多次受到省级领导的接见，曾有位主管农业的副厅长到凤凰村视察，给予了高度的评价。詹主任获得的各种荣誉也像雪花一样飘来。

虽然取得了惊人的成绩，但詹主任内心并没有得到满足，他总感觉凤凰村还缺少点什么，缺少的是一种灵气吧。他坐在办公桌前看报纸，报纸的2版介绍了凤凰村的发展模式，称之为南方崛起的新型农业发展模式。

詹主任已有好多年没去海州了，他现在想再去海州游玩一番。以前身上没钱,什么地方都没去过,现在不愁没钱坐车住宾馆,所以他决定,放下手头的事情,去趟海州。

詹主任打电话把集团公司的事情向李莉交代了一声,就开着宝马杀进了海州。詹主任开着车在海州左转右转,在高档的酒店也享受了美味佳肴,物质富足了,精神上却少了点什么。他想到,以前张老板夫妇虽然对他不错,可心底还是看不上他。还有张婷婷,哼,她那个水晶音乐盒,还她一千个都行。

于是他很自信地去拜访了张老板。

詹主任把车开到张老板的别墅门前,张老板早早就站在门口迎接。詹主任走下车,张老板热情地握着詹主任的手笑道:"士别三日,当刮目相看。詹董事长光临寒舍,真是蓬荜生辉,这是我的荣耀,快请进。"

詹主任来到客厅,坐在原来坐过的沙发上,接过张老板递过来的烟,把礼品呈上,说道:"这是送给老板娘的一点礼物,聊表寸心,以报答张老板当年的知遇之恩。"

老板娘打开礼盒一看,惊喜万分,是一套非常漂亮的珠宝和一条精美的翠翡项链。她感叹道:"詹先生,我当初就说你很优秀,有发达的那一天。瞧,你已红遍大江南北。"

詹主任转过头说道:"张老板才厉害呢,我这些本领都是张老板教的。不过,张老板还是做事太保守,当年要是你及时进军农村市场,眼下肯定比现在挣得多。我这次来,主要是想与你沟通一下,看看海州有什么好的项目,同时也来考察和学习一些经验。如果张老板有兴趣,我还是愿意和你再次合作,共同创业生财嘛。"

张老板回答道:"现在我也老了,本想把公司传位给振华,也就是婷婷的老公,可他不愿意干,出国去了。婷婷又是一个到处乱跑、闲不住的人,只好自己再坚持几年。这样吧,你还是先在海州考察几天,等过几天我们找到合适的项目再谈如何合作。"

詹主任想想觉得也是。张老板主动邀请詹主任共进晚餐,这时张婷婷风风火火地走进客厅来。看见詹主任,她先是愣了一下,随后笑道:"我还以为是哪个财神爷的车停在门口呢? 没想到是你这位大红大紫的农民企业家

凤
凰
村

呀！听说凤凰村被你搞得像个小城市，是真的吗？我还真想去凤凰村看看，曾经的建筑工，如今摇身一变成了企业家，真令我佩服。"

詹主任从沙发边上拿出一个精致的礼盒，一看就很贵重，随手递给了张婷婷。

张婷婷很惊讶，但不失优雅地接过。打开一看，是很精致、很漂亮的进口水晶音乐盒，而且是定制的。

张婷婷很喜欢这个水晶音乐盒，她笑得很灿烂也很妩媚，不得不说，确实很迷人。张婷婷落落大方地拿着手上的音乐盒，对詹顺平说："你的眼光还不错嘛，这个确实好看，比我小时候的好看多了，你居然没忘记，我很感动。那好，我就收下了。这几天你要是有需要，我可以免费给你当导游，一般人可没有这样的高级待遇哦！"

詹顺平反倒不好意思了，脸涨得通红，身体有点僵硬，原来在他骨子里，面对这些城里人，他还是有点无所适从。他看看张老板和老板娘，看着他们没察觉到任何异样，这才舒了一口气，便开玩笑地回应："有张大小姐的接待，那我这个乡巴佬就太有面子啦。我这趟海州之行就锦上添花了。"

大家都笑了起来。詹顺平享受了贵客的待遇。吃晚饭时，张老板给詹顺平敬了一杯又一杯酒，詹顺平恍惚间似看到 20 年前的自己在他们家里修马桶，看着满桌的好菜偷偷地咽口水，生怕别人知道，故意不往桌子那边看，可是香味像波浪般一阵一阵袭来，弄得他的肚子咕噜咕噜响，谁都听见了，可谁都当没听见，没人叫他吃饭。还有他趴在地上擦地板上的污渍时，被刚放学回家的张婷婷撞见，用那扑闪的大眼睛惊奇地盯着他看的时候，他脸上火烤了样疼，那一瞬间，他恨不得找一个地缝钻进去。那些窘迫，他现在都不曾忘记。他打量着饭厅，这是他第一次在张老板家的饭厅用餐。一面偌大的落地窗，有纹理的洁白窗纱微微飘动，侧边是一个复古的餐边柜，柜子里摆着各式各样的名酒，头顶上方是一盏玻璃罩的烛台造型吊灯，有种异域风情的氛围感，带来一种温馨而华贵的优雅气质。张老板一个劲地敬酒，老板娘时不时地往他碗里夹菜。他如做梦一般，可是他知道，这不是梦，他终于成为人上人。这让他心情大好，大口地吃着肉喝着酒，没有丝毫顾虑。

这晚，他们吃到很晚，詹顺平聊了这十多年来的创业经历。张老板抽着雪茄,时不时地点头表示认可,也夸詹顺平的能力强。张婷婷更是兴奋不已地向詹主任问东问西,喋喋不休,生怕错过一个细节。

第二天李莉打来电话,说集团遇到一些问题,要詹顺平回去解决。詹主任并没有放在心上,他几句话便打发了李莉。

接下来的几天时间里,詹顺平几乎和张婷婷形影不离。张婷婷还真是一位温柔漂亮、善解人意的女人,与村里的女人不一样,与李莉更不一样。张婷婷风情万种,每天的穿着打扮都很惊艳,自信优雅,让詹顺平有点找不着北。他们相互享受着这种暧昧的气氛。

尽管他们之间的年龄相差了7岁,但他们有着共同的语言和爱好,海州的景点留下了他们的身影和足迹。海州玩遍了,张婷婷提议去特区玩,詹顺平答应了。

特区的繁华让詹顺平感慨万千,从一个渔村变成一座世界级的大都市,简直是个奇迹。他感受着这座城市的独特魅力,玫瑰海岸、海洋公园、欢乐谷,都游玩了。这让詹顺平开了眼界,他们尽情地享受着这座城市的风光,他们一起爬山、漫步、游泳。

詹顺平最喜欢的还是特区的夜晚。

特区是个不夜城。各种颜色的霓虹灯将街道装扮得如同仙境。詹顺平内心有说不出的激动和喜悦,他们蹦迪、喝酒、唱歌、逛街。

李莉又打电话来,并发出最后通牒:如果詹主任再不回去,她就要来海州找人了。

詹主任还真怕李莉来,便同张婷婷告别了,踏上了回家的路。

9

詹顺平回到了凤凰村,对李莉的态度差了很多,同李莉说话都没好气。

李莉感受到了危机。可是她不知道怎么办,更不敢发火,只能更小心地对詹顺平好。当说到父亲病倒了,她也没敢冲詹顺平发火,只是怯怯地说:"老爸生病了晕倒在家,幸亏刘贵乍院长抢救及时,要不然你回来就再也见不到老爸了。"愧疚感向詹顺平袭来,他从包里拿出一只蓝宝石戒指,戴在李莉手上,并问她喜不喜欢。李莉心想,自己现在忙着集团的事情,反倒把自己的男人冷落了,这才让他与自己有了芥蒂,眼下可要好好地关心他。她摸了摸戒指,很温顺地靠在詹顺平怀里。

第二天,詹主任便去了医院,向刘贵乍院长详细了解情况后,得知老丈人得了癌症,已是晚期,积极治疗也只有半年左右的时间。刘院长像一个长兄般语重心长地对詹顺平说:"我并没有把这个消息告诉李莉。詹主任啊,你可要好好照顾家里人,这么多年都是他们父女照顾你,这是多大的恩情啊,现在要轮到你去照顾他们了。"

从医院回来,詹顺平感觉很闷。他走在村里,看着眼前的景象。他一个工厂一个工厂地看着,但还是不能把心中的烦恼排泄掉。晚上回到家,他饭也没吃,早早地上床睡了。李莉感觉不对劲,催了几次,他都没有动。她用手一试詹主任的额头,没有发烧啊。她看詹主任一副心事重重的样子,肯定是有什么烦心事,李莉就好心规劝,把詹主任的心事一一问了出来。

李莉得知了父亲的病情,在原地愣了几分钟,不知所措。房间里很安静,似乎一根针掉在地上都能听得见。

夜深了,山里的风很大。窗户是半掩着的,被风吹得砰砰响,窗帘在舞动着。詹顺平坐在床边抽着烟,李莉坐在窗户旁的椅子上,两个人都没有说话。风打破了沉默,李莉起身去关上窗户,拉上窗帘。她静静地走到詹顺平的边上坐了下来,她知道丈夫对父亲的感情很深,他们早已是亲人了,亲情和感恩之情,让丈夫不愿相信这个残酷的现实。李莉安慰起他来:"爸爸当村支书那么多年,一直为村民着想,做了很多好事,是个令人敬重的好人。我们要对爸爸好,让他高高兴兴地安度晚年。放心,爸爸一定会没事的。"

李莉的话让詹顺平心里好受了许多。

为了让老丈人活得开心,詹主任突发奇想,准备在村里建一个老年活动中心,让老人们在活动中心玩得开心。这事他交给了王武去办,让他把老年活动中心建得漂漂亮亮的。

詹主任微笑着对王武说:"为村里的老人建一个让他们玩得开心的地方,花点钱也没关系,我们老了也要去那儿休闲。"

晚上,詹主任把建老年活动中心的设想同李莉说了,李莉听了很高兴,便嘱咐她在5个工作日内,将资金拨付给王武的建筑公司,由他们专款专用。

李莉笑着问:"这笔投资是不赚钱的,你舍得吗?"

"咋不舍得?赚了钱就要用之于民,更何况是为了全村的老人晚年过得幸福开心。"

"我老公心地善良,我喜欢。"

詹主任听得乐开了怀,用深情的目光看着李莉。他真的感到很幸运,自己有这样一位善解人意的妻子。

詹小虎的电话打来了,詹顺平问:"小虎,有事吗?"

詹小虎在电话里急切地说:"有个外商想在凤凰村投资,他们经过一个月的勘查,发现村后山上有优质的花岗岩资源,如果开发出来,将会是一座金山。"

詹主任听后,沉思了一会儿说:"你看着办,这件事你全权负责处理好,过几天把方案拿来给我看。"

詹主任坐在董事长会议室里,总结了前半年的工作,布置了下半年的工作计划。会议开完后,他带着大家去山上看花岗岩。

这一段时间,詹主任将心思全用在集团的发展上。在他的运筹帷幄下,凤凰村又办起了火腿肠加工厂和制衣厂,整个集团已拥有员工1000多人。他还制定了公司的管理措施,重新调整了工人的工资和奖惩标准,同时拿出了200多万元办托儿所和养老院。

▼
凤
凰
村

李莉心里很高兴,她只想让丈夫踏踏实实地陪在她身边,便变着法子哄詹顺平开心。不管工作多忙,她每天都亲自下厨给他做饭。

詹顺平把自己的父母也接来了,一家人生活在一起。父母都喜欢李莉这个儿媳妇,说李莉嘴巴甜,"爸妈"叫得极亲昵,还极孝顺,有好吃的,总先让他们吃。詹顺平也觉得日子过得幸福。他有时带着儿子打打羽毛球,有时会跟李大水下下象棋,有时也会带着全家人去城里购物、旅游。这样的日子过得很清闲,也很自在。全家人的脸上都充满喜悦,尤其是詹主任的父母,觉得儿子变得懂事、孝顺了。

詹富民天真地说:"爸爸小时候都敢逃学到外面去打工,到时我也逃学到外面去打工。"

詹主任一听生气地说:"你敢学老爸小时候逃学,我就打断你的腿。你现在就好好地读书,当时我逃学是由于家里穷,逼得没办法。现在家境好了,你还逃什么学啊!"

詹富民看见爸爸发脾气,吓得一句话都不敢说,回到房间里去做作业了。

詹主任想到已经好久没有和他的得力下属们聚聚了,尤其是詹小虎,这小子代表公司和外商合资办花岗岩板材加工厂,很多天没有见到他,这次得好好犒劳他一下。他到外国去考察了一圈,也得听听他在国外的见闻。

詹主任把酒席订在绿色宾馆里,这是凤凰村规格最高、条件最好的一座水上乐园,里面应有尽有。同时,这座宾馆建在水库上,有绿色花园之称。

大家相聚在宾馆的最上层,这层每间房都装修得非常豪华,一般来到这里的都是詹主任招待的重要客人。

人都到齐了,詹主任通知上菜。他们一边喝酒,一边回忆着18年来的路程,都觉得不容易,所以格外珍惜这份情谊。

当每人都喝得有一点醉意时,詹小虎站起来喊道:"各位,先别忙着喝酒,听我介绍一下外国的见闻。"

大家都停下来,望着詹小虎。詹小虎说:"这次跟着外商一起出国考察花岗岩板材加工,外国人的加工厂非常大,全部用机械化流水线操作,一天就可以挣到上百万。所以这次回来我想引进外国的生产线,可能还要再投资 300 万元左右。董事长,你可要支持我,这也是给公司创造利润。你想想,一天能挣 100 万元,我们的成本 3 天就能挣回来。"

詹主任想想后回道:"如果真如你所说的,我肯定支持你。"

詹主任的手机突然响了起来,刚接通,就传来了黄大嫂的哭声。

詹主任急切地问道:"到底出了什么事?"

黄大嫂哭着喊道:"我家老黄出了车祸,正在医院里抢救,请赶紧来一下。"

詹主任听到这个消息,酒也顾不上喝了,放下杯子,马上联系陈星等朋友一起赶往医院。

在医院里,詹主任看到了躺在急诊室里满身是血的黄站长,心里无比的难过。他对医生说:"不管用什么方法,花多大的代价,都要把黄站长救过来,他是我们凤凰村的大功臣!"

医生只是说道:"我们一定会尽力而为。"

他凑到黄站长面前亲切地叫道:"你要挺住,一定会没事的。"

可惜,黄站长还是没有抢救回来,在手术台上闭上了眼睛。

詹顺平亲自操办黄站长的后事,算得上体面。在下葬的第三天,他和陈星这帮朋友都来了,他们都很伤感,也很惋惜。詹顺平在黄站长的坟前烧了一炷香,敬上了一杯酒,伤心地说:"朋友,你放心地走吧,我会为你照顾好你的家人,望你在地下有知,保佑他们母子平安吧!"

詹顺平把黄站长的身后事都一一妥善安排后,想把黄大嫂一家人接到凤凰村去住,好有个照应。黄大嫂执意拒绝,她对詹顺平说:"我以前总是嫌弃他,嫌他不会挣大钱,嫌他没有男人的气魄,可是失去了才知道可贵,原来他是那么的顾家,那么会照顾人,现在我只想好好地帮他守护好两个孩子。"黄大嫂哭得泣不成声,詹顺平见状也极感动,心想黄站长在九泉之下也知足了,便没有强求黄大嫂。他在心里默默地想着,以后一定要替黄站长好好照顾他们娘仨。詹顺平给了黄大嫂一张银行卡,说那是黄站长生前借给公司的钱,让她安心收下。他还特地给陈星打了一个电话,毕竟他现在是县公安局局长兼县委副书记,在管辖范围内,照顾起来更方便些。在离开之时,詹顺平对黄大嫂说道:"如果想来凤凰村住,给我打电话,我随时来接你。记

▼ 凤凰村

住,我就是你的亲人。"

这天黄昏,凤凰村的南面发出了一声惊天动地的爆炸声,整个凤凰村震得摇晃了十多秒钟。

原来是詹小虎主管的花岗岩厂发生了山体坍塌,在山上采石的工人生死不明。

詹主任当场就吓得瘫在地上。接着,另一个坏消息传来:"詹小虎和外商卷巨款逃走了。"

詹主任不敢相信这是事实,飞一般赶到出事地点。

整个凤凰村都乱了,所有人的心都揪成了一团。

詹主任大声哭喊着:"不管花多大的代价,都要把人救出来。"

他赶紧向乡政府报告,请求乡政府立即派人来支援。

然而施救了一天一夜还是没有救出一个人来。那些被埋的工人的家属,把凤凰集团围得水泄不通。

第四天,在县长的亲自指挥下,搜救队找到了 8 个人,但他们都没有了生命体征,还有 10 人始终没有找到。詹主任站在事故现场,一双脚不听使唤地颤抖着,他用嘶哑的声音喊道:"哪怕是把整个凤凰集团赔进去,也要把人给我救出来!"

在施救的第八天,终于找到了另外的 10 人,他们全部被压在坍塌山体的最下面,成了一具具冰冷的尸体。

整个凤凰村的人,都沉浸在极度的悲痛中。詹主任跪在尸体前不停地叩着头,哭得十分悲伤。他本想带领全村人发财致富,当个领头羊,如今却成了让村民命断黄泉的千古罪人!

他恨自己为什么会如此信任詹小虎,是自己用人不当才造成了今天这个悲惨的结局。他拿着身边施救的工具刀就往胸脯上刺,他不想活了,想以死来谢罪,以死来告慰 18 个去世的人。他再也抬不起头做人了,就算活着也是具行尸走肉,良心永远受到谴责。

李莉眼疾手快,一把将刀夺了下来。李莉的手指被锋利的刀刃划破了,鲜血直流。

李莉非常生气地捆了詹主任两个耳光,大声骂道:"你以为自己死了,就能解决问题吗？你这个懦夫,不敢承担责任是吧？你还算不算一个男人啊？如果你还算是个男人,就该面对现实,勇敢地承担起责任!"

说完,她抱着詹主任,詹主任也抱紧她,两个人哭成一团。

陈星带着公安干警不久也来到了凤凰村。他走到詹主任的面前,伤心欲绝地说道:"詹主任,对不起,跟我们上车吧。"

詹主任此时此刻显得非常平静,这是自己罪有应得,他只轻轻地说了一声:"谢谢你! 请照顾好我的家人。"

说完,他向陈星伸出手。

陈星一千个、一万个不愿意给朋友戴上手铐,他的心在滴血,这是他做梦也没有想到的结局。他掏出一副锃亮的手铐,铐在了詹主任的手上。

就在此时,凤凰村的村民和集团公司的员工,把整个凤凰村围住了,呼喊道:"请放了詹主任,他是无辜的。如果没有詹主任,就没有凤凰村的今天!"

公安干警见此情景,站在原地不知所措。詹主任流着泪说:"乡亲们,回去吧,该干什么就干什么。我对不起你们,我是个罪人……"詹主任泣不成声了。陈星也对人群喊道:"乡亲们,我能够理解你们的心情,我的心情同你们一样,不愿意詹主任有什么事,但法律是无情的,它就像一根高压线,只要碰了,不管你是故意的,还是无意的,都会受到伤害。我们把詹主任带走,只是协助调查,如果没有什么事,我们会把他送回来的,请你们配合好。"

可人群仍不散开,人反而越聚越多。詹主任朝村民跪下了:"乡亲们,你们的情我领了,让路吧,求求你们……"不少村民也跪下了,一个女人哭出了声,引得不少女人哭了。凤凰村顿时泪雨纷飞,被悲恸的哭声淹没了。陈星的眼泪也掉下来了。

詹主任被关押在县公安局看守所里,安排了一个单独的房间,这是陈星唯一能为朋友做的了。

四个月后,詹小虎被公安人员从国外引渡回来,5000万元的巨款也追回来了。詹小虎站在詹主任面前,始终不敢抬起头看他一眼。

几分钟过去了,詹小虎跪在詹主任的脚下,悔恨地说:"对不起,我背叛了你,都怪我鬼迷心窍,是钱害了我。如果还有重来的机会,我真的不会做这种昧良心的事，可如今一切都晚了。世界上没有后悔药吃，如果有的话，我一定会吃，下辈子我会给你做牛做马，来偿还这份无法还清的债，我也不敢奢求你的原谅……"

詹主任此时此刻看到詹小虎，心里的恨意一点点退去，他的心开始变软，眼泪已流了一脸。

在庄严的法庭上，法官宣布：詹小虎被判处无期徒刑；詹主任被判处有期徒刑三年，缓期四年执行。

县纪检委对詹顺平做出处理决定：开除詹顺平党籍。

县人民代表大会做出决定：取消詹顺平的人大代表资格。

詹顺平回到了凤凰村，是王武和李莉、郭蓉姣去接他回家的。从走出看守所的那一刻开始，四年内，他的活动都需要按照考察机关的规定报告。

不过在詹顺平入看守所一个月后，李莉就带着儿子来探监。詹顺平看到两个亲人时，感动得大哭了一场。

李莉告诉他，公司现在运转正常，已经重新走上了轨道。她希望丈夫在看守所里好好表现，争取早日回家，家永远是他温馨的港湾。

詹顺平回到家，望着妻子憔悴的面容，内心的愧疚再次涌上心头。这些年来，他对得起任何人，唯独对不起的就是心爱的妻子。如果还有机会选择的话，他一定会选择做一个平平凡凡的好丈夫、好父亲。

李莉抱着詹顺平说："别难过，振作起来，凤凰村还需要你，我更需要你，现在你回来了，一切又可以从头再来！"

2021 年 3 月至 2023 年 6 月写于九江